嘉薰醫生之血細胞終極愛旅

陳嘉薰 著

感謝上帝

我的父母、妻子

讓我沐於

家的溫暖

嘉薰醫生之血細胞終極愛旅
作者／陳嘉薰
總編輯／馬鎮梅
責任編輯／楊碧瑤
美術設計／劉碧雲
出版發行／突破出版社
香港沙田亞公角山路33號突破青年村
電話：2632 0000　傳真：2632 0388
電郵：breakthrough@breakthrough.org.hk
網址：http://www.breakthrough.org.hk
http://www.btproduct.com
承印／陽光印刷製本廠
2007年4月初版1刷
2009年5月初版2刷

Body Adventure III：Homeward Bound with Love
by Gavin Chan
First Printing, First Edition, April 2007
Second Printing, First Edition, May 2009

ISBN 978-962-8913-66-4

誠邀閣下就突破出版社的書籍發表意見。請登上www.btproduct.com/book，在「讀者回應卡」頁面內填寫。謝謝。

每一個
年輕人都應當
乘着夢想的
翅膀出航。

飛翔專號

目錄

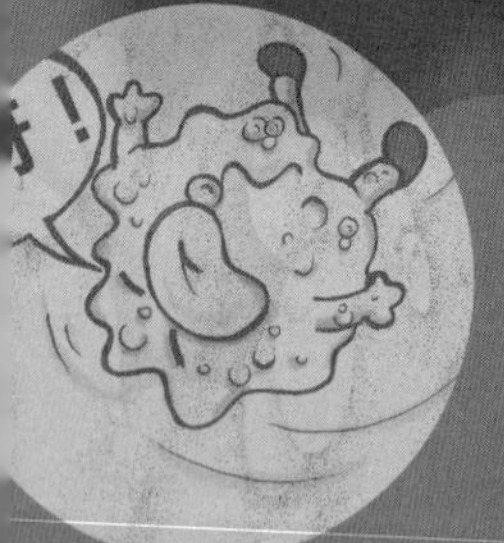

沼澤風暴

烽火密令

飛天穿梭毯

驚濤傷魂

終極之戰

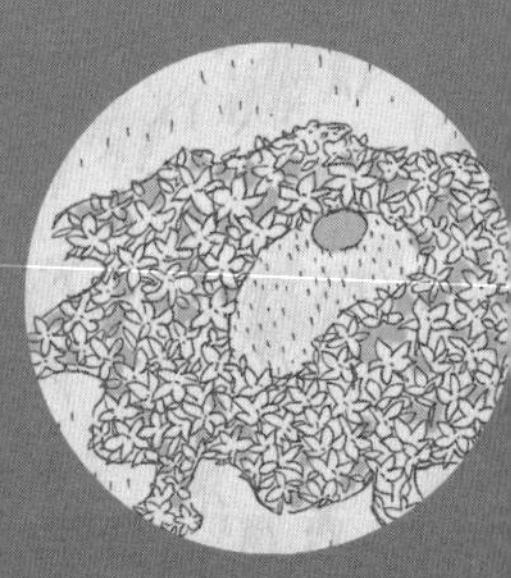

引子

醜陋細胞麥高飛生於骨髓，生性自卑，遇上三眼細胞劉淑翩，在她的鼓勵和幫助下，發現自己的價值。他們一同開展人體器官之旅，彼此感情日深。高飛在淋巴腺認識了單眼細胞李科濟，也知道自己的清道夫身分。之後他和淑翩遭惡性細胞阿新暗算，墮進「毒氣加工場」肝臟，幾乎喪命。在睾丸之地，阿新挑撥離間，教唆高飛與淑翩交惡，一對情人在脾臟分手。

高飛後得李科濟協助指點，明白自己是身體的統帥，有能力分辨敵我，才洞悉阿新是人體的癌細胞，於是聯同一眾軍隊，率領白血球合力剷除阿新。最後高飛與淑翩在戰場重逢，淑翩為了保護同胞，戰死沙場，在高飛的懷中，化作一顆珍珠，長留他的身上。

花生怪客兵團

1. 非我族類？

戰爭好不容易結束了，高飛拖着疲憊的身軀，在一條大路上踽踽獨行。淑翩已經走了，天地蒼茫，他感到孤零零的，悵然落寞。要振作啊！他不住提醒自己：路，總得走下去。既然他找到自己的用處，也有了努力的方向，就該好好地發揮天賦，才不會令淑翩失望。

大路上，吹來了一陣陣風。風清勁，帶點乾澀，有規律地來了又去。嗯？還夾雜着沙塵！高飛馬上意識到自己身處鼻子，空氣在這裏吸入呼出。

「統帥……你是統帥麥高飛嗎？……請你幫……幫忙！……」路旁傳來一把聲音，嗓音顫抖不已，聽得出充滿惶恐驚慌。

高飛朝着聲音的來源，望向右邊的草叢，只見一個長形細胞，頭髮蓬鬆、滿面污垢，四肢匍匐着從雜草堆前來，在離高飛十五厘米處停下，不住叩頭，像是求饒，又像求救。

高飛到過小腸，在那裏遇上長髮細胞，但這裏不是小腸——眼前的長形細胞，該是鼻咽黏膜細胞。那長長的頭髮是纖毛，像絨毛抹布，可以吸附空氣中的灰塵，清除污垢，讓吸進身體的空氣變得乾淨衞生。

但這刻，那原本健康潤澤的頭髮，卻凌亂不堪，還乾枯得直打結——這不會是正常細胞的纖毛。

「統帥，求你……求你原諒我！……」長形細胞滾滾熱淚，臉扭作一團，很傷痛的樣子。

高飛一陣疑惑，箭步上前忙說：「兄弟，別怕！什麼事，只管慢慢道來。」彎腰要扶起他。可是一碰到對方的胳膊，心像被什麼「格登」地敲打一下——一股灼熱，如電擊般自掌心傳來。

高飛有點錯愕，望着對方，一陣冰冷，從背脊流往雙腳。他呆住了。

「高飛……原諒我！……我不想死！……但是……」細胞聲淚俱下，哽咽了：「我被侵略了。請你……」他頓了頓，深深地吸了一口氣，像作了一個重大的決定，說下去：「……法落，殺了我吧！」

「兄弟！」高飛蹲下來，擁抱着對方。憑掌心的熱度，他知道這細胞蘊藏了「非我」的雜質。該是受到病毒感染！長形細胞在捍衞人體時，被病毒攻佔了。

糟糕！流感病毒佔據了細胞！這叫高飛極為擔憂：有流感病毒入侵！主人身體有恙！

2 機癡主人

「咯……咯咯！」這時頭頂傳來主人連聲咳嗽，「咯吐！」轟隆巨響，天空像崩裂開來，地動山搖……「華仔，媽媽看你咳得好厲害，痰又多，快看醫生啊！別日日夜夜老是打機……」另一把女聲傳來。

「媽，我咳幾下罷了——乞嚏！」華仔接着打了幾個噴嚏，蓋過母親的叨嘮。

不一會，華仔母親又在叱責，「快半夜一點了，還不睡覺去！大個仔了，還不懂得照顧自己！十二月，還只穿一件薄毛衣。大病總由小病來。病了就要休息。看你，不吃飯，不喝湯，一味只顧打……」

「媽，你好煩啊！去睡吧，別管我！」華仔打斷母親的話。不一會，突然傳來華仔幾聲驚叫：「嘩！好險，差點死了！——吁！好彩！」

高飛佇立良久，細聽着主人華仔與母親的對話，心裏有點明白過來；但也不由地心一冷。暗忖：華仔也真是，這樣沉迷電腦遊戲，起居作息時間顛倒，飲食又不定時，想來運動也欠奉，怪不得身體的抵抗力轉弱了。唉！現在生病了，竟還掉以輕心，不加理會，不好好休息，太大意了！流行性感冒不調理好，可會併發肺炎，大大影響健康呢！

華仔可知道嗎？高飛有點發躁。每年流感有兩個高峰期，通常在二、三月，和七、八月間。流感病毒眼不能見，藉飛沫傳播，極具傳染性。它的潛伏期約為一至四天，受了感染，會出現發燒、發冷、倦怠、頭痛，或肌肉痠痛等症狀。有些病人更會咳嗽、打噴嚏、流鼻涕，將病毒散播開去。

高飛真不值這些病毒所為！病毒本身沒有新陳代謝的能力，必須借助身體的細胞才能生存。它們攻佔人體上呼吸道的黏膜細胞和肺細胞，進入這些宿主裏面寄生，利用細胞內不同的蛋白、複製因子等進行繁殖。病毒也會破壞黏膜的纖毛，引起細胞壞死、脫落。由於鼻咽和氣管受到病毒刺激，會增加分泌，人就會咳嗽；分泌多了，就形成鼻涕和痰涎。

以華仔的症狀看來，他的鼻咽黏膜細胞，明顯已被病毒感染了！

3 鐵血悲情

「高飛……我不行了！……」長形細胞氣喘吁吁，倒地哀求：「為了華仔……請你……及早殺了我吧！」

眼前的長形細胞，熱淚縱橫，氣若游絲。高飛一想到他是自己的戰友、主人華仔的忠心義僕，就下不了手。

可是，可惡的病毒，已俘虜了這黏膜細胞！高飛清楚，再不果斷行動，會來不及了！

病毒一旦在細胞繁殖，就會摧毀這短暫的藏身之所 —— 爆破細胞質，把自己釋放出來，再感染新的細胞……高飛緊抱着同袍，心裏難受極了。懷裏的同袍不住抖瑟，眼淚沾濕了高飛的肩膊。

「兄弟，你為了拯救華仔，願意犧牲，你好勇敢！我為你驕傲！」無論有多無奈、不捨，高飛深諳要遏止病毒繁殖、擴散，就必須摧毀宿主，讓病毒無從複製。他雙臂一運勁，長形細胞的身軀下滑，與體內複製中的病毒，一併被融化了，化作高飛身上的一塊污垢。

高飛雙腿一軟，栽在地上，嗚咽了好一陣。心情好不容易平復下來，又想到華仔正受病毒感染，憂心不已。華仔健康與否，常是他心繫所在。這刻，他腦海不斷盤算如何把病毒揪出來，再把它打垮。

「不過，身體的細胞要打贏病毒，華仔你也得作出配合，加多把勁才行啊！」高飛暗裏為華仔打氣。

遠方隱約傳來「咕隆咕隆」的聲音，高飛定神留心細聽，又蹲伏下來把耳朵緊貼地面——聲音更清楚了，像萬馬奔騰而來。他打量須臾，心頭一凜，站起來，不期然按了按腰間掛着的彎刀，三步併作兩步，一口氣跑上附近的山頭，再奮力往一塊巨石攀爬上去。在這制高點上，可以審視一下四周環境。

這兒是鼻腔曠野，一片蠻荒之地，環境乾涸，不時有狂風飛沙呼呼迎面撲來，風沙打在臉上，如針戳般刺痛。高飛轉身望向山的另一邊，頓時瞪圓了眼。

4 敵闖關

山腳是一片沙漠平原，遠處結集了成千上萬、個

子矮小的軍隊，黑壓壓地如湧進一大羣蝗蟲。隊中各員身形奇特，由兩個圓形相接而成，呈葫蘆狀，又像豎立的一顆花生。

幾列先鋒走在前面，教高飛看得更清楚。他們都有一雙既長且幼的吊睛，兩端的眼角扯拉到兩額上，流露詭異的神色，比任何惡性細胞更陰險難測。

軍隊手裏都緊握着一彎半月形的利刀，柄上有一個張開大口的龍頭，刀上鑄刻着龍身，背如鋸齒。再細看，原來軍隊都騎在疾跑的「飛犬」上。飛犬形狀有點像狗，卻在胸側長了兩隻短翼，毛色灰黑。犬類目露兇光，伸出血紅的舌頭，在「哈乎哈乎」地急喘。看來，他們想從鼻腔曠野直闖華仔的身體重地——鼻咽。

高飛居高臨下，只見千軍萬犬佈陣森嚴，氣勢駭人，昂然向鼻腔揮軍前進。遠處有道緩坡，是一個天然屏障，護住華仔的氣管和支氣管，是深入身體內臟的要地。緩坡斜面上，一望無際的乾沙上，有一個龍頭模樣的路標，迎着洶洶來勢的軍團。

高飛一怔，暗覺事態嚴重：「嗯？從來沒聽說身體有這樣的細胞？他們是誰？兇神惡煞的！」腦海裏想起剛才發生的一連串的事：黏膜細胞……病毒入侵……細胞死亡……華仔不斷咳嗽、打噴嚏，感染了病毒還不去治理……

「糟糕，竟是外敵！敵軍、走狗都是細菌！」流感病毒一旦入侵人體細胞，就會肆加破壞，影響人體的防禦功能；加上華仔沒有好好休息，接受藥物治療，一些細菌如金黃色葡萄球菌、流感嗜血桿菌、肺炎鏈球菌等，便有機會乘虛而入，大軍壓境，感染身體不同的器官，造成更嚴重的破壞。

眼見自己在有利位置，或者可以遏止一場災難，高飛馬上躍下制高點，抄捷徑奔向山坡。當他到達山坡高處時，軍隊的先鋒也來到山腳，形成三角形陣式，銳角正指着自己，沙塵滾滾撲來。

該是高飛身上流的血，叫他有股本能的衝動抗

敵。待軍隊趨近，高飛運勁推出雙掌，颼地一陣疾風自掌心發出，牽動旋滾的沙石衝向軍隊的前線。高飛高聲一嚷，聲音渾厚雄壯，響徹了整個沙漠。他佇立山頭，往腰間抽刀，雙臂如展翅般向兩方張開，正氣凜然。「來者何人？身體的統帥在此，請報上名來！」

軍隊正長驅直進，哪肯停下來？惡犬喉間發出悶響，怨氣騰騰，擺出一副挑釁的樣子。跑在最前面的花生怪客，目光嚴厲，怒瞪着高飛，更用「龍頭刀」指向他，冷冷地警告說：「你這個又醜又髒的細胞，識趣的，請讓路！」

高飛見來者不善，正要將手伸前去觸摸這羣怪客，套取他們身上的密碼，好揭露底蘊，卻見領軍的花生怪客詭異一笑，惡狠狠地說：「真不知好歹！敬酒不喝嗎？」語音剛落，就提起龍頭刀，朝右山坡一揚，他背後萬頭飛犬，馬上向右張開血盆大口，一面噴氣，一面搧動翅膀。高飛只覺身旁颳起大風，捲起了一場沙塵暴。

眼前不遠處，出現一陣狂飆，飛旋急轉；頃刻狂風又拉成一線，揚起千堆黃色的沙石，像漏斗般，把天地連接了；接着又變成了一條巨龍，更張開大口撲向高飛！

風暴夾雜的石塊如尖銳的箭頭，戳割着高飛的身體。高飛像被千萬條皮鞭抽打，皮也快裂開。他顧不了痛，求生的意志叫他用自己富黏性的身軀，猛往沙地下鑽，又設法把彎刀往沙地插去。但沙又軟又細又深，無法穩住刀，也栽不住自己。還未及理清形勢，腳下一輕，他給風提起，離開地面！

「嘩呀！」……

風在上旋，向左邊橫掃開去，高飛倒栽洋蔥地被帶上空中。飛沙像一大羣密匝匝的黃蜂，重重把他包圍，叫他耳邊嗡嗡作響。他設法平衡自己，但在空中找不到支持，身體不受控地打着轉；旋轉漸急，好像給捲上雲霄。

高飛往下一望，領軍的花生怪客向他冷冷一笑，

右手一揮，作了一個告別禮；旋即拍拍飛犬的頸項，抽打狗鞭，叱喝一聲，軍隊就浩浩蕩蕩地越過山坡，向前推進。

龍捲風像得到一份厚禮，在呼嘯狂笑。一股氣流把高飛拋上半空，使他不受控地旋轉打滾。他全身冒出細密的汗珠，沙石打在身上，有如矛箭亂刺，痛楚難抵。迷迷糊糊，他隱約聽見「嘩啞——嘩啞——」的鳥鳴，慌忙中手胡亂抓動，竟抓着一個風中飛舞的椏枝，跟着眼前一黑，虛脫昏厥過去……

天國短訊

月沉星落，太陽又再從東方昇起，照耀了整片草原。高飛躺在一棵樹下，陽光零零碎碎地從茂密的樹葉間偷摸進來。高飛昏昏沉沉，掙扎了好一會才醒過來，惺忪地微張開眼。嗯？手中有一片心形的葉子！

擦了眼睛，再拈近一看，卻怔住了。

高飛黏黏的掌心，粘住半截椏枝，枝上殘留一根壓傷了的草。草又乾又黃，末端繫着一片心形葉子。葉上有一道摺痕，如一頁對摺的信，現在給打了開來，上面有一段文字，筆跡好不熟悉！啊，高飛一眼就認出來了——是淑翩的手筆！

高飛在心裏默默唸出來：「高飛和我一起到龍源抗敵。淑翩」

高飛拿着葉子，倏地一個翻身，站起來，琢磨發生的事情。他仰望長天，只見一片湛藍，如絮的浮雲，像剛吃剩的棉花糖。四周靜悄悄的，一頭鷹在天際翱翔，發出「嘩啞——嘩啞——」的鳴叫，更添孤清。

高飛和我一起到龍源抗敵。
淑翩

高飛到處按捏身體，除了右肩膊有幾道像刮過的傷痕外，一切好好的。

奇怪？給龍捲風捲上高空墜下來，竟沒有粉身碎骨，還安躺在一株大樹下！環顧四周，形單隻影，沒有誰可以告訴他發生了什麼事。

「高飛和我一起到龍源抗敵。淑翩」他又唸了一遍。

龍源是人體的廣闊原野，在遙遠的「肺中土」，到那裏去可不容易。聽說要越過「靜脈湖」，橫渡「心臟海」，克服波濤洶湧的「肺動脈」，經歷千山萬水才可到達。可是那兒風景秀麗，峽灣間有一個個小鎮，羣山簇擁，綠草如茵，滿谷是百合花，吸進的空氣，盡是花和草的清香；空中又有羣鳥飛翔，燕子在依山而建的房屋木樑上，搭築雛雛之窩，堪稱人體的「世外桃源」。

還有，那兒是富饒之地；又因地勢險要，是人體的戰略據點；也因周圍建有長城，故有「龍源長城關」之稱，許多類別的細胞都在那裏匯聚，一齊捍衞家國。龍源與人體共存亡，這是高飛常擱在心頭的。肺部一旦失陷，主人華仔的身體便得不到氧氣供應，人就會危在旦夕。

「淑翩，這是你從天上搖來的短訊嗎？是你叫我到龍源去嗎？」他摸一摸胸前紫色的珠子，敲敲自己的腦袋，為這想法感到不可思議。咳！淑翩早已在那一場戰爭中永遠離開了，哪會傳來音訊？自己也真傻！高飛珍而重之地把葉子收好，放在腰間。

四周一片平靜，萬里無垠，不久前遇上的流感病毒和花生怪客，現在對高飛來說，像是遙遠的一場夢。天朗氣清，華仔痊愈了嗎？還是大戰前夕不尋常的平靜？一想起花生怪客，高飛心裏揪緊。外敵早已闖進鼻腔，向關口進發。他來得及遏止敵人入侵嗎？高飛一面忖度，一面撿起地上的彎刀。該往哪裏去揪出敵人來？他走到林後張望。

那兒不遠有一道阡陌，兩旁長着一排身高及腰的萬年青，葉子密密麻麻的，迎着吹來的南風，微微點頭。嗯？一片片心形葉子的葉尖，都指往一個方向，像路標指引。

他深感好奇，想往高處遠眺，於是爬上身旁的參天巨樹。一望，哦啊！密麻麻的萬年青，就在眼前蔓延開去。這一大片萬年青平原，千萬片心形葉子竟像繪圖一樣，在阡陌的左右兩旁，分別拼湊成「龍」和「源」兩字，橫亙在面前！

高飛從樹一躍而下，順着葉子的方向，向小路走去。

鋼牙馬戲團

1. 鐵牙奇功

高飛走了好一段路，耳際忽然傳來陣陣樂韻，喇叭聲鼓聲此起彼落，叫人的心也跟着節拍跳舞。他往下走，眼前豁然開朗。來到一個廣場，旌旗飄揚，不遠處更搭建了一個帳篷；篷頂呈錐形，像倒轉了的冰淇淋蛋捲；布幕染得七彩繽紛，耀目得很。

他留意到門前的一張告示：「鋼牙強馬戲團。鐵牙奇功表演。徇眾要求，每天開設五場。」下面還有一幀照片，一位壯士，名「鋼牙強」，雙手交叉放在胸前，手臂和胸膛的肌肉，像鼓起的汽球，既挺實又油亮。他張嘴大笑，在賣弄那副發亮的鋼色牙齒，其中一顆還刻意在鎂光閃燈下，縱放星狀的光暈。

「唔，有表演呢！」高飛想。身邊熱鬧的氣氛，加上這兒的細胞笑口常開，教人倍感親切，叫高飛的興致提高了，心也踏實了。嗯，鋼牙馬戲團歸哪個器官呢？哈，大概是骨頭吧！骨頭硬，像鋼鐵一樣。自己可會在牙槽附近呢？牙齒的牙釉質是身體最堅硬的成分。

高飛對自己的推算，很感滿意，也有點興奮，腳步也輕鬆起來，一蹦一跳的，人像在半空裏飄。如果淑翾在身旁多好，可以向她賣弄一下聰明。他本能地又輕按那紫色的珍珠，像要分享什麼似的。看見珍珠還在襟前發亮，他的心就一陣穩妥，像孤兒抱着父母的遺物，空懸的心，一下子被什麼支承住了。

他到處張望，想見識一下，突然傳來叱喝連聲：「你到底想怎樣？我要趕你多少次，你才肯離開？」循聲音望去，見不遠處站着一名彪形漢子，樣子頂像照片裏的「鋼牙強」，手裏提着一個小細胞。小細胞的身體陷進鋼牙強的拳頭裏，只有頭和雙腳露出來，在半空掙扎，像受驚的一頭幼鼠。鋼牙強怒目而視，鼻孔呼呼地在噴氣。

高飛見狀，正想上前調停，卻聽到鋼牙強喝道：

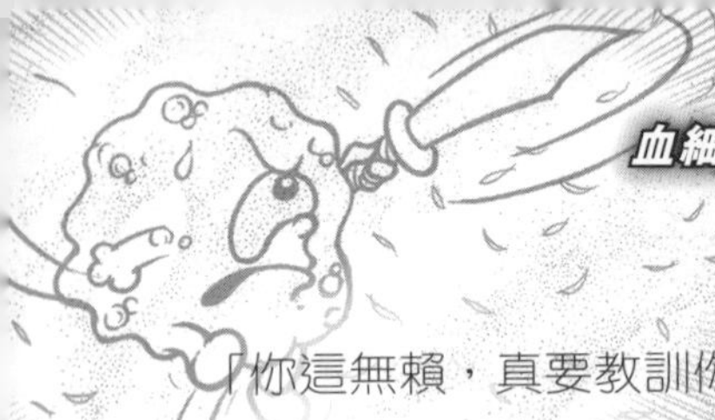

「你這無賴，真要教訓你不可！快給我滾！」像扔石頭一樣，把手中的小細胞往空中一投，颼地一聲，一團物體從掌心飛射而出，高飛頓時感到迎面襲來一股氣流。那細胞如竄出槍膛的子彈，在兩面旌旗間經過時，旗杆也給一陣烈風吹得往外彎。高飛未及反應，已「啪」地一聲給擊中！「喔呀 —— 」一個趔趄，被撞得人仰馬翻。

「哎喲！」身邊發出一聲痛楚，高飛定神一看，原來是那個小細胞。他只及自己一半身高，給摔砸在地上，正揉搓着肩膊。

小細胞結着披肩，穿上藍色的緊身衣，胸前卻不是「S」這個英文字母，而是富中國色彩的「勇」字。他眼眸明亮，炯炯有神，身上有一小塊一小塊的疙瘩，面貌不很吸引。高飛馬上認出

他屬於自己的族羣。

「小兄弟，我是麥高飛，你沒事吧？」高飛趨前，把小細胞扶起來。

小細胞眉頭緊皺，一邊伸展胳臂，一邊支撐着身子站起來，忙賠不是：「剛才撞倒你嗎？對不——」

「我警告你，你再來我可不客氣了！」那鋼牙強又再衝前來，氣呼呼的，放大嗓子指着小細胞叱責。

高飛見他一副兇惡相，額上眉毛又黑又粗，向太陽穴斜斜伸展；鼻孔張得像乒乓球般大，冒着煙，氣焰逼人。因為覺得他欺人太甚，義憤填膺，就挺直身子迎戰：「兄弟，有事慢慢說。你剛才弄傷人了！」

鋼牙強比高飛高出一個頭，佔了上風。他低頭打量高飛片刻，作勢要撞倒他，好給對方一個下馬威：「怎樣？想為這無賴出頭嗎？」

高飛不甘示弱，回敬一句：「大家都是身體一分子，別這樣對待兄弟。」說罷想把鋼牙強推開，卻發現對方肌肉壯實堅硬，馬步穩如石碑；不要說絲毫推

不動，高飛反覺有一股暗勁自掌心回傳，把他彈將開去，幾乎教他又往後摔了一交。

鋼牙強神情有點不屑，說：「你幫這化子？」然後趨前狠狠地指着小細胞，指頭直要碰到他的鼻樑。「整整三天了！他每天無所事事，就是來這裏混飯吃。要不是馬戲團人多，我早在裏頭揍他一頓。這小子，真要好好教訓他……」

小細胞害怕起來，馬上躲到高飛背後，抓住他的大腿，身軀卻直打哆嗦，像頭顫抖的小兔。良久，才探出頭來，大聲反駁：「我說過，可以在馬戲團工作來補償！」

「天啊！工作？哈哈！」鋼牙強像聽到一個大笑話，放聲大笑，露出兩排鋼色牙齒，和告示板上的一模一樣。他瞪着小細胞吼道：「你會幹什麼活？哼，個子小，力氣又不夠！看你的牙齒，又小又弱，什麼也幹不來，只能白吃白住！讓你表演空中飛人？你踏上鋼線，恐怕只會撒尿！叫你馴獸？對着獅子老虎，怕嚇得大便也拉出來了！補償？表演撒尿拉大便呀！好便宜！」

高飛見他惡形惡相，得勢不饒人，小細胞卻在瑟瑟發抖，腳下還出現兩灘水流，面積不斷擴大。他油然生起保護弱小的心，正想作進一步的對抗，卻見鋼牙強拿起了什麼就往嘴裏送，一張口咬下去，「卡察——卡察」，聲音清脆得很。

他在吃蘋果嗎？定睛一看，嚇了一跳。鋼牙強手中的，不是水果或別的食物，而是啃掉的半塊骨頭大理石！

原來鋼牙強有兩排「真材實料」的鋼牙！難怪他吃得津津有味，嘴「察察」連聲，好不滋味的模樣。他又衝着小細胞說：「想在馬戲團撈得一官半職？有本事的，先來考個入學試。」他帶着不屑和嚇唬的口吻，遞上那半塊石頭，要小細胞也咬一口。

一直在旁細察的高飛，這時也大略知道事情的底蘊。想小細胞初出茅廬，跑到這馬戲團謀生活，但因

為膽子小，能力又不足，就被趕了出來。

他同情小細胞，蹲下，為他抖落身上的沙泥，大聲說：「小弟，我們走，不用理會這些惡人。哼，恃勢凌人！我不相信天大地大，找不到容身之地！」他怒瞟鋼牙強一眼。這番話，一半對小細胞說，另一半向鋼牙強宣泄。

「走啊，快走啊！這裏不是你們的地方！」這時鋼牙強的目光又落在高飛身上。他把上身湊近，二話不說，伸手提起高飛的下巴，左右端詳。高飛想反抗，手腳卻無法使出力氣來。鋼牙強搖頭歎道：「你年紀也不小了，怎麼還到處流連！你知道自己的家在哪裏嗎？」

高飛怔了半晌。鋼牙強的發問，像觸動了他。自從淑翩離開，他孑然一身，流離浪蕩，沒有一個固定居所。家？從沒想過，太遙遠了。

不過，高飛也不甘願讓鋼牙強看扁，把嗓門扯高八度，「我當然知道！」

2 終極挑戰題

趁鋼牙強分了神，高飛連忙擺脫了他的手，嚷道：「我叫麥高飛，來自骨髓，那是生我養我之地，那裏自然是我的 ——」他本來想說「家」，卻覺得不很妥貼。

人家說歸家歸家，家該是他流浪飄泊時最想回到的地方；但是自從一別，他倒從來沒想過要返回骨髓去。而的確幾乎所有血細胞離開骨髓後，也都一去不返，不再回到這孕育之地。

家，不只是出生地，更是心靈的一個終點、歸宿！找到家，就尋到屬於自己的地方，讓人感到踏實、安定，也覺得滿足；那也該是一個位置，可以發揮所長。這樣看來，骨髓怎會是我的家呢？高飛想。

不錯，高飛明白自己的用處，但不知怎的，還是有「無家可歸」的感歎，如斷線被放逐的風箏，找不到落點。骨髓製造他，該有它的計劃。他遲疑了，說話間留下空白，一頓，微聲補上：「那裏自然是我的——家鄉。」但是不是有一個終極方向，他又說不出一個所以然來。

鋼牙強覺得高飛答非所問，眉頭一皺，把他的問題換一個方式來表述：「你來自骨髓，這個我當然曉得。我也生於長於骨髓，大家有同一個祖先。我問的是你的『家』！」他加強了語氣。

鋼牙強窮追不捨，這一問卻把高飛弄得更胡塗了，一臉疑竇。

「我的天啊！」鋼牙強連連拍打自己的前額，深覺事態嚴重。他有點不耐煩，也有點沮喪，嘴裏咕噥：「我真倒楣，遇上大小二傻！難道真的一代不如一代？是個大人了，連家是什麼也不知道！天啊！」他低着頭，忖量了一會，語氣緩和了，問：「那麼，你知道自己是誰嗎？」就從最基本的問題開始吧。

「我清楚！」高飛斬釘截鐵，理直氣壯，「我既

是身體的清道夫，也是警察，能分辨敵我，除暴安良。」滿有自信，也帶點驕傲。小細胞仰視高飛，眼光不無欣羨。

「有意思、有意思。」對方咧着嘴笑，鋼牙閃出一道金光，「難怪你每天東逛逛，西蕩蕩。到了東邊，就看看有沒有垃圾撿；到了西邊，就查問誰是敵是友。閒時聊聊天、睡睡懶覺，漫無目的，得過且過。你的生活是不是這個樣子？你是隱蔽青年，抑或待業細胞？」他緊盯着高飛，神情好不嚴肅，「你一生追求的，就是這些嗎？這難道是你的使命？」

使命？高飛大惑不解，暗忖：好大的包袱啊！

「人體裏的每一個細胞，都得有一個『家』！」鋼牙強下了這個總結。

高飛接不上來，反覆琢磨這番話。怎麼從沒想過這問題呢？他知道自己從哪裏來，卻從沒細想該往哪兒去。鋼牙強口中的「家」，可是他安身立命之所？說也奇怪，頓時他心裏熱切起來，心靈也好像剛剛睡了一個懶覺，漸漸蘇醒了。

3 家有家規

鋼牙強不但牙力驚人，說服人的能耐也很強。

「你聽着，」他的目光好像探進高飛的心底 ，「每個細胞都要到他的終極之家去，好執行他的終極任務。你懂不懂？」稍頓，又說下去：「你想想，為什麼骨髓的細胞，只集中在骨頭，而不會到處遊蕩，溜到腦或心臟的地方去？身體的每一個細胞，誰不是各就各位的？」

他折開目光，好像眼前的高飛不歸這類；小細胞嘛，當然更不入流了。他扯大嗓門說：「他們都願意尋找自己的位置，統統『回家』了！」

鋼牙強稍一仰首，就把手中的半塊大理石放進嘴裏，「卡察 —— 卡察」地咀嚼幾下，就咕嚕吞下去了。他拇指向內一翹，繼續揚聲道：「而我，是屬於骨頭的！因為我有一副鋼牙，可以咬碎堅硬的東西。這裏是人的下頜骨。離開骨髓後，我便一直待在這裏啃硬骨頭，幫助骨骼發育、成長和改變形狀；也釋放鈣質，維持體內鈣的水平。看你們的身體和牙齒，都不強壯，這馬戲團肯定不是你們的家！」

魁梧的鋼牙強一咬一吞石頭，姿態從容，教小細胞和高飛看得目瞪口呆。他們的牙齒嘛？當然怎也啃不下。無疑這裏是屬於鋼牙強的，下頜骨便是他的家！

高飛恍然明白，心想：「原來人體有個奧祕，它賦予每個細胞一項重要的召命 —— 去找尋自己的家。」狐狸有洞，飛鳥有巢，這話真不錯！細胞一旦了解自己的能力，就得尋找這終極之地，好大展潛能。師兄鄧智寶，他的家就在淋巴腺驛站吧？在堤壩遇見的清道夫，脾臟就是他的家？呀！原來他的叔伯兄弟，都分佈在淋巴腺、脾臟或其他人體器官！人體的創造和設計，可精巧奇妙呢！

一想到自己還四處遊蕩、嬉戲，高飛就不由地有點慚愧。他不再惱怒這鋼牙強咄咄逼人；相反，還感激他的對質，讓自己上了重要的一課。「你老說什麼什麼家的，那麼我的家在哪裏？」高飛鼓起勇氣，不恥下問。

鋼牙強彎腰把臉湊向高飛，兩個鼻子幾乎碰着。鋼牙強端詳了一會，好像悟出什麼，咧嘴笑了，閃閃生光的牙齒成了一面鏡子，映照着高飛一臉的錯愕。

鋼牙強挺直身子，得意地回答：「唔，我看你雙目明亮 —— 龍源的細胞都是這樣子的。龍源準是你的家！」

4 加場！

「劈劈叭叭 —— 劈劈叭叭 ——」這時帳篷裏傳來一陣熱烈的掌聲，鋼牙強恍然想起什麼，「糟糕！只顧跟你們談話，忘了馬戲團。」一場馬戲團表演看來正落幕，許多細胞帶着滿足的笑容，從門口魚貫地走出來。

鋼牙強朝門前的另一條人龍嚷道：「喂，下一場的，可以進去了！」他大力揮動雙手，指示細胞進場。

「唉！一場緊接一場，我的牙齒發疼了。哎喲！」鋼牙強揉揉發酸的上下頜，說：「別以為在馬戲團幹活很輕鬆，只會娛樂觀眾。近幾個月馬戲團忙透了，天天加班連開五場。為什麼？還不是為了華仔！這裏是下頜骨，幾個月前華仔找牙醫箍緊了牙齒，我們只好加班了！未來的一年半載，相信工作量不會稍減。

「華仔的牙齒箍緊了，牙根便擠壓着頜骨；頜骨一受壓，我們便得趕緊在受壓的一邊吃呀吃，一點點地把骨頭咀嚼掉。這樣牙齒就會慢慢地移向正確的位置。主人疼痛，我們更勞苦……」鋼牙強雖有滿腹牢騷，卻懂得自我開解。「但是想到華仔日後有一副整齊的牙齒，易於清理，不單蛀牙減少，而且發音也準確，我們就感到安慰。他日華仔笑起來一定漂亮大方，人更有自信。唔，我們辛苦，也是值得的！……」

高飛愣愣地目送鋼牙強的身影遠去，滿腦子都是他閃亮的牙齒，還有他勾起的人生重要課題。

鈣離子，不可少

骨骼在人體起的作用，至為重大：除了支撐身體、保護內臟，以及製造血球外，還是儲存鈣質（calcium）的重要基地。**鈣離子**（Calcium ion）是生命不可或缺的物質，負責細胞內的信息傳遞；而血液的鈣離子濃度，也會直接影響神經線的敏感度和肌肉的收縮。

血液鈣離子的水平必須維持平衡。鈣離子偏低，神經會變得敏感，容易受到刺激，人體就會出現抽筋、痙攣。當鈣離子過高時，中樞神經卻會反應遲滯，出現便祕、心電圖異常，也會產生鈣化石，積聚在腎臟或身體其他器官。

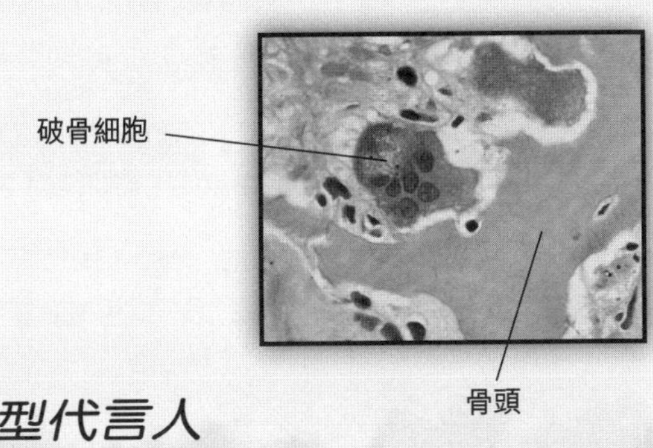

牙齒造型代言人

骨骼內有一羣**破骨細胞**（Osteoclast；即文中的「鋼牙強」），負責骨骼的造型（modelling），也將骨骼的鈣離子釋放到血液，以維持人體生命所需。這些細胞會因應身體的需要，分解骨骼，釋出鈣離子；也會按照骨骼承受的壓力，逐漸令骨骼形狀改變。頜骨牙槽會因為「箍牙」而改變位置，就是很好的例子。

骨質石化病（Osteopetrosis）是一種遺傳性疾病，病人體內破骨細胞的結構出現異常，骨頭無法有效地分解，造成骨骼的密度很高，變得又硬、又厚、又重、又脆。這種「骨骼增生」，會影響人體發育；壓迫神經，引起麻痹 ； 也會令骨髓閉塞，妨礙造血功能。病人會出現貧血（紅血球降低）、容易感染（白血球降低）等情況。骨髓移植，可以供應病人正常的破骨細胞，把這病治愈。

細胞愛回家

細胞有「家」，也懂得找「家」，在那裏分化、成熟，發揮作用。這情況，醫學上稱為「homing」。為什麼會有這種現象呢？人體的設計實在太奧妙，但人的智慧有限，沒法全面了解，只知道這涉及很複雜的步驟，一環扣一環：當中包括器官的「信號系統」、細胞膜的「感受器」、細胞支架（cytoskeletum）的變化，以及許多分泌因子等的互相配合；缺了一環，也辦不來。

這種「尋家」現象，主要應用在骨髓移植上。醫生只要將捐贈者骨髓的幹細胞，經靜脈注射入接受骨髓移植的病人體內，這些幹細胞就會隨着血液，走遍身體各器官。一旦抵達骨髓和相關組織，幹細胞就會移出血管，「落地生根」，停留下來發揮造血功能。有趣的是，這些幹細胞經過體內別的器官或組織，也只會「過門不入」。這些細胞，有自動尋家的裝置，很清楚自己的真正位置啊！

因此，為病人輸入骨髓細胞，並不用直接注射到骨頭裏面去呢！

同一道理，醫治骨質石化病，也可利用破骨細胞的 homing 現象。經靜脈輸入破骨細胞，這些細胞就會在人體內「漫遊」，尋覓自己的正確位置。要來到骨頭處，才定居下來，發揮功能。

有些人患上糖尿病，是因為體內缺乏生產胰島素的胰臟小島細胞（pancreatic islet）。病人得長期注射胰島素，以控制血糖。近年科學家也在研究利用 homing 現象，移植胰臟小島細胞的可行性。初步在動物身上進行的研究發現，只要將胰臟小島幹細胞移入患糖尿病的老鼠體內，幹細胞便能植根胰臟，經過分化、成熟，成了胰臟小島細胞，可以產生胰島素，控制血糖。研究雖仍在初步階段，卻為糖尿病人帶來曙光。

人體的構造，
可真奧妙呢！

沼澤風暴

1. 拜師學藝

鋼牙強走了，四下一片田野，只有高飛和小細胞在小路上踱步。沒有了心頭威脅，小細胞活躍多了，在高飛前前後後，跑來跳去。

「麥高飛，我叫小迪迪。我們可以交個朋友嗎？」小細胞打開話匣子，仰頭望着高飛，眼睛滾動着渴望。

哦？這小迪迪的神態，好不眼熟。噢，竟有幾分像以前的自己。小迪迪的手懸在半空，像期待什麼。高飛的腦際，倏然掠過初次和淑嫻見面的情景——她主動要和他握手，表示友好。

高飛沒有教小迪迪失望，馬上伸出手來緊緊握了一下，然後注目對方良久，若有所思，說：「我們豈只是朋友？我們該來自同一宗族，簡直是兄弟啊！」高飛在人體閱歷多了，對自己的判斷頗有信心。

小迪迪眼睛一亮，問：「當真？你憑什麼這樣說？」

「你跟我一樣醜嘛！」高飛禁不住大笑。

「啊，我這樣醜，其實大有來頭，是身體的清道夫、警察！太棒了！」小迪迪抑不住心頭的雀躍，跳了起來。

「來！」高飛指着遠處的一堆垃圾說：「看！」說罷舌頭一伸，把垃圾舔上來；接着，還往地上一拂一掃，連附近的污垢也送到口中了。

小迪迪傻了，興奮地喊道：「好厲害啊！」瞧見高飛滿口「食物」，他嘴巴也張得大大，像悟出什麼道理似的，高嚷：「嘩，原來我們是大胃口的垃圾桶，比日本的小林尊更棒！」弄得高飛啼笑皆非，人體裏哪有競食這回事？

「我們除了會吃，武功還很了得呢！當然，武功是用來抵抗外敵、壞人，好好保護我們的主人華仔。」高飛儼如老師。說罷從腰間猛地抽出彎刀，在

空中「颼颼」地揮舞起來。刀起刀落，他的身體跟着打轉，一蹦一跳地旋着，愈轉愈快，周圍立時颳起狂風。風隨着刀鋒過處，愈颳愈猛，還虎虎作響，吹得路旁的樹木在瑟縮搖擺。

颼地一下，高飛曳然急停。刀已回鞘，風的餘威仍在葉間運轉，夾雜着沙沙的聲音，片片黃葉在空中紛飛，又徐徐落下，像下雪一般。

「好啊！好啊！」小迪迪在高飛背後不住驚歎，教高飛有點得意。小兄弟對他「狂風掃落葉」這一招式，大概歎為觀止吧！

回頭再看小迪迪，呀，只見他雙手一面忙碌地撿拾地上的枯葉，一面又把葉子快速地往嘴裏送，鯨吞似的。忽然，他嗆住了，想吐又吐不出來，喉間「唔——唔——」作響，臉都漲紅了，神情痛苦地向高飛求救。

高飛連忙趕上前，往小迪迪背後大力一拍，「喀！」小迪迪才把梗住喉頭的樹葉吐出來，深深吸了

勇

一口氣，舒服多了。

「我們是清道夫，不是競食天王呀！」高飛白了他一眼。

「誰叫你剛才製造了這麼多垃圾！」小迪迪扮了個鬼臉，偏過頭去，不甘心受責。好一會，又回過身來，死死扯住高飛的腿，說：「高飛，你就當我的師傅吧！」教高飛哭笑不得。小迪迪雖然魯莽調皮，但也憨直機敏，叫人憐愛。

高飛耐心地教導他怎樣用舌頭撿垃圾。起初，小迪迪的舌頭好像不聽使喚，總是撲個空，弄得滿口是泥；舌頭即使落在垃圾上，也黏不牢，叫他氣餒。高飛就鼓勵他，再三示範如何控制舌頭伸縮的長度和勁度。小迪迪屢敗屢試，到最後掌握到竅門，撿吃垃圾多半不落空了。

高飛興奮得振臂跳起來，心裏十分暢快，摟住小迪迪的肩，連連稱讚他「做得好」；就是襟前的珍珠，這刻他也覺得格外晶瑩明亮，連腰間的心形葉子，也在舞動呢！他想，要是淑翩還在，她也一定會為小迪迪鼓掌喝采！

他倆費了好大的勁，才把地上的落葉、垃圾清潔乾淨，高飛有點兒累了，氣力正旺的小迪迪還是精力充沛。

「高飛，我是認真的，想跟你拜師學武呢！」

小迪迪又有新主意了。他把右腿拉前，雙膝微曲把身體按下，右拇指擦一下鼻翼，右手伸出掌心朝天開合，一副李小龍式「放馬過來」的樣子。「你先看看我的身手，才下決定不遲。」

小迪迪側身揮掌，口中唸唸有詞：「野馬分鬃」；一轉身，右腿朝高飛的心窩裝作踢來，嚷道：「彈腿戳腳！」旋收下腿，倏地出手要點高飛的膻中穴。高飛後退兩步，小迪迪跟着「撲通」盤坐地上，雙手向天推出，兩臂高舉，大叫一聲：「如來神掌之『萬佛朝宗』！」

高飛翻轉腦袋，也說不出小迪迪的武功來自哪

個門派。小迪迪噗嗤一笑，解釋說：「說不上原創，卻有版權。華仔追看的『Q版特工』系列，裏面的阿 Wing 武功超強，我融會貫通，發展了一套 Kung Fu Crossover，集李小龍黃飛鴻張三豐霍元甲周星馳郭靖黃蓉於一身，還有曹達華的萬佛朝宗呢！一招出馬，老虎也要變作病貓！哈哈，還有，什麼兵器我也懂、會用，就算張飛的『丈八蛇矛』、關王的『青龍偃月刀』，都難不倒我。嘻嘻，全賴華仔的電玩《三國誌》。有一天我路過華仔的眼睛，一下子就學會了。真過癮！」小迪迪口沫橫飛。

高飛心想，如果他有這個本領，怎麼剛才在鋼牙強面前，卻撒了一地的尿？高飛暗笑，但隨即又覺得自己不該苛求。小夥子總是血氣方剛，有機會就逞強的。

小迪迪真的拜服高飛的功夫。「高飛，你武功蓋世，如果添了丈八蛇矛和青龍偃月刀，豈不是天下無敵！你恐怕不曾遇過強敵吧？」小迪迪湊近來問。卻不料這一問，有如巨錘一下敲在高飛的心上，早前在沙漠平原上，花生怪客兵團大軍闖進，自己還不曾與他們交鋒，就幾乎給摔個半死！

高飛不想誤導小迪迪，以為他是什麼英雄，就如實地把自己在鼻腔遇上手持武器的黑色怪客，以及遭龍捲風捲上半空的事，都一一告之，還有他的憂慮。

拜師學武不成，小迪迪又有別的主意了。

「高飛，聽說人體很有趣呢！我到過的地方不多，好想到處遊歷，見識見識。吃喝玩樂啦，交朋友啦……不如你領我一起漫遊好嗎？」小迪迪興頭十足，央求說。

對，人體漫遊對小迪迪來說，是增進認識自己和人體的好機會。他自己就是這樣走過來的。

可是，這些日子，腰間的心形葉子，不住提醒他龍源這個地方；加上鋼牙強的一番話，他不得不正視自己，思索如何去尋找屬於他的家，好體現他存在的目的。這不也是淑翩在天國捎給他的願望嗎？不過，

小迪迪求知慾這般強，他不可能不助他一把。高飛回想，要不是當年淑翩願意與他一起冒險，他才不會有種種刻骨銘心的經歷，以及當下的自己。好吧，就與小迪迪走一段路再說。

2 情人的心願葉

二人沿着大路往前走，天色陰暗下來，小迪迪留意到高飛胸前有一顆閃爍的珍珠，問：「是水晶嗎？誰送的？」正想伸手觸碰，高飛像本能反應，退後一步。

「好朋友留下的……」高飛訥訥。

「看你這樣緊張，是女朋友？」這時小迪迪又把高飛看作他的同輩了。

「……」高飛深深吸了一口氣，有點戚然，不知該如何說起，欲說還休。

小迪迪實在對高飛太感興趣，不住在他身上打量。瞥見高飛腰間有一片葉子，「嗯？這葉子好眼熟！」他沒說什麼，一伸手就把葉子摘下來。

高飛立時給冒犯了，「不！」他馬上轉身，踏前，一掌把小迪迪推倒，喝道：「快還我！你這小鬼！」俯身從小迪迪的手把葉子搶回來。

小迪迪怔怔地躺在地上，不敢說話。高飛心神稍定，就覺得自己反應過敏，於是趨前扶起小迪迪，又向他賠不是，解釋這葉片是「好朋友」餽贈的信物，不容失去；但可以讓他細看。

小迪迪沒有記仇，倒是對這片葉子有一種奇怪的感覺。葉子對摺，葉緣的鋸齒相扣，整整齊齊，依稀記得在某處見過。驀地，腦際掠過一個影像！他想起來了！「喔，幾天前我在『驛前絮語』樹下，見過這片葉子！對，就是這一片葉子！」

高飛一臉驚愕、不解。「驛前絮語」這棵大樹？那不是當天他和淑翩到淋巴腺驛站前，在路上見過的一棵高大挺拔的樹嗎？在樹旁，他曾拾起一大片黃色心願葉，寫下「我要高飛！高及天際。」而淑翩卻找到一片她看來特別的葉子，寫下心聲，又吐了一口唾沫在上面，不讓高飛細看，就把葉子對摺扣上了。

對，回想起來，這兩片葉子可真是一個模樣，說不定就是同一片！「高飛和我一起到龍源抗敵。」——原來這是淑翩心底的願望！

「那天我蹲在樹下哭，覺得自己沒有用處，而世界上又沒人能明白我，心裏愁苦極了。這時一個三眼細胞就出現了。」小迪迪在說他的故事。

三眼細胞？高飛的心揪緊了，不知怎的，竟想起了淑翩，追問：「那個細胞是什麼樣子？」

「她比你略小，眼睛又圓又大，會發亮。她問明原委，就安慰我，一再叮囑我要到馬戲團去；還說三天內，一定可以找到自己的用處。……」

天啊！那會是淑翩嗎？高飛有股按不住的衝動，要趕去「驛前絮語」樹下找淑翩，與她細語歡聚。但是那地方可遠呢！一把聲音在他心裏響起。葉子在他掌心顫動，似淑翩迎着他淺笑；但當高飛目光乍地接觸到襟前的珍珠，就不由地心一沉，意識到淑翩已無法回來了。

小迪迪還未說完他的故事：「三眼細胞走後，我在樹下打算找一片心願葉，寫下自己的心願，卻發現了一片鋸齒緊扣的落葉給一根草繫在一截椏枝上。正要打開來，一陣強風吹過，把葉子颳走了！真料不到，它竟落到你手上！」

對，整件事玄妙得很，彷彿冥冥中有主宰。任誰也不會料到小迪迪手中的椏枝，會給龍捲風捲往天上，而狂風同時又在沙漠捲走了高飛，讓他握着這「天國來的音訊」。就是這片葉，啟動了高飛的龍源探索之旅，又讓他在馬戲團遇上小迪迪，還作了伴……

「唔……」高飛低頭，像有一個深奧的道理，不

曉得如何向一個孩子解釋。小迪迪如何明白他和淑翩那份情愫，和這生與死的課題呢？

天黑下來，兩人都累了，小迪迪一倒頭就睡熟。

清冷的晚風，添來寒意，酣睡了的小迪迪縮作一團。高飛在附近收集了好些枯草落葉，編成一張被子蓋在小迪迪身上。看見小迪迪睡得香甜，又叫他想念起昔日與淑翩在「幽靈鬥士村」的情景。

高飛在小迪迪身邊躺下，百般滋味。原來淑翩沒有從天國傳來短訊；不過，現在他卻確實知道淑翩的心願，也得到這一份珍貴的遺物。他既感到失落，同時也深感慶幸。

他把葉子攤開，靠着月色，把淑翩的心願反覆唸了好幾遍，心弦給牽動了，眼窩酸酸的。萬籟俱寂，高飛凝視那片葉子良久，心底呼喚着淑翩的名字，又閉目輕撫葉脈、葉緣，也覺得葉子在輕觸自己，竟像握着淑翩溫柔的手。

如果淑翩曾夢想到肺部這個龍源，他可以作什麼，為她圓夢呢？即時心底就有一個強烈的意願，要帶着這片葉子，訪尋龍源去。「淑翩，我要完成你的遺志！我與你一起到龍源去吧！」高飛默默許下這個願。

他雙手擺在腦後，臥看星空，皎潔的明月下，有一頭鷹在高空飛翔。「淑翩，你走了這些日子，我一直都在掛念你，但願日後我們在天上相見。那時，我要握着你的手，聽你的輕聲笑語。希望今晚能在夢中見到你。」

四周一片恬靜安寧，高飛在入夢前，迷迷糊糊地看見星移月動，滿天星宿竟在漆黑的天幕下，拼湊出淑翩的笑臉來……

3 有刺客！

高飛與小迪迪作伴，展開了人體的漫遊。高飛作嚮導，領着小迪迪到過人體網絡毛細血管，跟「潑婦公主」的紅血球，打個照面；也探訪了機房重地，與耳朵的「薄膜先生」會晤。小迪迪親睹人體的奇妙，興奮得很，不住發問。

「這種探險旅行，真寫意。新奇有趣，又沒有工作負擔。」小迪迪樂不可支，嘻笑說：「一輩子這樣浪遊下去就好了。」

「總有一天，你要回家。」高飛提醒他鋼牙強的話。

「哼，誰要像那鋼牙強加班超時，一生營營役役。我就是要享樂及時！」

高飛瞅着小迪迪一副小叛逆的模樣，點頭微笑，道：「浪蕩一生，沒有根啊！」

「哼，管他呢？」小迪迪聳了聳肩。

兩人沉默半晌，小迪迪皺眉問：「家，對你這般重要嗎，高飛？」對，這些日子，就算跟小迪迪到處漫遊，一個人靜下來的時候，他就會想到那遙遠的龍源，還有淑翩的心願。我的家，真的就在龍源嗎？

這日，高飛又與小迪迪上路，要到鼻孔去。天空灰濛陰鬱，黑壓壓的雲層，像要把人也壓縮了，空氣翳悶得很。厚雲憋着滿肚子水，還「咕隆、咕隆」地打嗝，像隨時要把肚子掏空，暢暢快快把水傾倒下來，好消減自己的容量。

一陣風吹草動過後，閃電雷聲大作，雨再按捺不住，「嘩啦嘩啦」地劈頭蓋臉下來。電光雷響間，高飛發現一個黑影，在不遠處颼地從樹叢竄出來，像一個圓軸滾動。留心看，原來有人持劍走動，劍尖按在石頭上作為支點，像持杆跳的健兒，一跳一躍地打着側身筋斗，翻滾橫行，一下子就走遠了。

高飛雙目銳利，才一晃眼，便看得出那黑影呈葫蘆狀。喔，是細菌花生——刺客！嗯，上回是一大支軍隊，怎麼現在只來了一個。高飛心裏暗忖。

料前面這個敵人心狠陰險，但量他孤掌難鳴，該不是自己的對手吧，高飛想。於是向小迪迪擠個眼色，兩人抄了捷徑，箭步來到刺客的面前。

花生刺客見有人擋路，霍然停下。小迪迪不知就裏，一面伸手，一面高聲介紹：「我叫小迪迪。可以交個朋友嗎？」可是對方表情兇惡，沒打算握手，叫小迪迪很沒趣。

走在前面的高飛，已提高戒備，又從腰間拔出彎刀，問：「來者何人？請報上名來！」

這花生刺客也不遲延，閃速舉起手上的劍，作勢要攻擊。

小迪迪看見那劍，尖頭分為三路，呈「山」字形，中者略高，兩翼稍低；劍兩面開刃，鋒利無比，嚷道：「好厲害的『三尖刀』！高飛，我幫你收拾他！

接招！」說罷衝前凌空躍起，一記飛腿往刺客左邊胸膛踢去。

刺客仿如四兩撥千斤，輕輕左掌一推，小迪迪的右腳正好落在對方掌心上。說時遲，那時快，小迪迪只覺一股彈力自腳底傳遍全身，叫五臟六腑俱裂，整個人被推倒往後，衝向高飛，叫他們一塊跌倒在濕潤的泥濘上。

高飛一個旋身，上前一把扶起小迪迪；而刺客打量天色，雨正下得緊，遠處還颳起旋風，立刻把劍往腳旁的石頭一推，以劍端為支點，往上一跳，整個身軀便落在劍上；刀被他的重量壓彎了，蓄起的韌度往上一張，花生刺客像剛從弦裏發出的箭，颼地就彈到幾米外的樹上。

高飛和小迪迪正要穩住步伐，跨步奔前，卻發現不對勁了！

「喔呀！是什麼抓住我？」小迪迪怪叫，雙手亂舞。

原來他倆的雙腳一踏前，卻像栽進一團棉花裏，腳下一片軟綿綿的，想抽出雙腳，只發現腳下的泥漿像有一股吸力，把腳牢住，一掙扎，陷得更深了！

「這是什麼鬼地方？我好害怕！快救我！」小迪迪發了慌，臉上一塊白，一塊青。

不妙！是洪雨令泥土鬆塌，他們已身陷沼澤之地！濕漉漉的泥漿，一下子來到膝蓋，沒一會又包圍在雙胯處，叫他們的腿動彈不得，一晃動，身體又往下陷了。

「別亂動！小迪迪，得保持鎮靜！」高飛大聲向小迪迪叫去。腦袋猛翻動記憶檔案。

沼澤、洪水氾濫、大樹林、龍捲風暴……在課堂上，他認識人體的鼻腔，滿佈血管、黏液腺和漿液腺，可以把吸入的空氣變得溫暖、濕潤；而鼻腔內的鼻毛長而粗，密匝匝的，是繁茂的大樹，能過濾粗糙的垢屑，而塵埃等小污小垢就給黏液粘住，確保吸進肺部的空氣乾淨、溫暖、潮濕。

當上呼吸道受感染，鼻腔和鼻咽的黏膜受到病菌刺激，人就會打噴嚏；而黏液腺和漿液腺也會增加分泌，形成糊糊的鼻涕。噴嚏是強烈的氣流，可匯聚成龍捲風；而分泌多了，就把鼻腔的土地變為一片沼澤。鼻涕是暴發的洪水，來勢洶洶。這種種氣象，都成了高危的警告信號，因為許多細胞會被噴嚏鼻涕帶走，嗚呼喪命！

當下，他和小迪迪正陷進這個險境！

這時，黏稠的泥濘把高飛和小迪迪纏住了，小迪迪更驚嚇過度，說不出話來。他倆掙扎無力，心頭不住撲通、撲通猛跳。眼見泥濘一下子已來到腰間，死亡圈套已將他們重重繫緊，只差一點便要給吞噬了！……

4 逃離死亡圈套

「乞——乞嚏！嘉薰醫生，我這幾天頭很痛，咳嗽不停，鼻涕也多。還有，喉痛、全身疲痛無力。」

噢，上面傳來華仔的天籟。

主人華仔和高飛、小迪迪都在同一條船上，海面巨浪滔天……

「讓我替你檢查一下吧！請『啞——』一聲張開口……」是另一把聲音，溫文親切。

忽地近口腔的天空出現一道強光，晃動一下便消失了。那刻，高飛心裏踏實了。知道華仔終於愛惜健康，肯看醫生了，而且還是知識淵博、醫術精湛的嘉薰醫生！他頓然舒了口氣，彷彿力量也大了，連連安慰小迪迪，叫他怎樣也要撐下去。

之前還在狂喜的花生刺客，一聽見天籟之音，就

大為緊張。他心裏另有盤算，馬上再用劍作杆，施展一記輕功「樹上飄」，從一棵樹彈跳到另一棵，頭也不回地冒雨走了。

小迪迪好像快要奄奄一息。這時，高空中盤旋着一頭鷹，發出「嗶啞 —— 嗶啞 ——」長長的哀鳴，似像惋惜獵物陷於泥裹，就是死掉也難以接近，不能大快口腹。

就在高飛仰首觀鷹時，竟瞥見頭上不遠處倒下了一棵鼻毛大樹，平躺着，一根粗樹枝就懸垂在沼澤上面。

機不可失，高飛全力伸出舌頭，把舌尖牢牢地扣在樹枝上。舌頭一收緊，就發痲發酸，還有陣陣如抽搐般的絞痛，幾乎將他的喉嚨撕裂，一直反射到五臟六腑。高飛深深吸一口氣，再用勁，頭頂有一股拉扯的力量，把他往上輕輕一提。

生機乍現，小迪迪也拚了最後的一口氣，把舌頭伸出去，捲纏在樹枝上。他倆滿有默契地打個眼色，兩個舌頭同時一起用勁、運力。謝天謝地，他們已被拉出半個身子！

這時，高飛和小迪迪使勁用雙臂抓緊樹枝，往上用力，「撲」地就給拖出泥沼，送上枝幹。雖然逃出生天，小迪迪猶有餘悸，牙關不住抖震。

「好小子，臨危不亂。」高飛輕拍小迪迪的肩膊，語重心長：「不用怕！縱然遇上什麼難處，總有出路。上天恩祐，我們的日子如何，力量也必如何。」

小迪迪猛點頭，雖然似明非明，但剛走過死門關，倒是一下子聽話多了。

沼澤彼岸，仍下着滂沱大雨，四周景物一片淒迷，如在霧中，什麼也看不清，哪裏還見到花生刺客的蹤影！正在懊惱，就聽到小迪迪連聲尖叫：「高飛，快逃！洪水來了！洪水來了！」

5 黃禍

上游滾滾黃褐色的鼻涕泥水奔騰而下，像山洪暴發，水猛流急，像要鯨吞一切障礙。

更叫人恐慌的是，洪流後面的半個天空，出現了一道噴嚏旋風，狀如舞龍，颳起風沙，虎虎嘯叫，遍地滔天都是沙塵迷霧，擋路的盡都給拔起，拋上半空。一時天地似在旋轉。

高飛早已領教過龍捲風的威力，不敢怠慢，大嚷：「迪迪，快逃！龍捲風！」

他倆馬上攀爬，沿着細枝條來到樹旁另一棵鼻毛巨樹上去。這老樹看來蒼勁，根深葉茂，希望可以讓他們熬得過這場洪水、風暴。兩人扶着主幹攀緣。

「高飛！上面有洞！」原來頭頂有一個不大不小的鳥洞，他們就擠壓着身子進去。

水流急湍，頃刻，已來到樹下，水勢漫漲，黃

褐色的鼻涕，一下子向四方八面湧去，淹蓋了極目之處。不旋踵，狂飆又掩至，四周雨點夾着斷枝落葉、泥沙，鞭打着巨樹，樹幹枝葉間起了一陣猛烈騷動。高飛和小迪迪躲在洞裏，不防風沙照面打來，叫他們眼睛也睜不開。巨樹一直給烈風蹂躪，傷痕纍纍，卻仍硬挺着。

高飛和小迪迪困在洞裏，只能默默等待洪水暴風過去，大眼望着小眼，苦惱得很。

「華仔的情況一定不妙！」高飛憂愁起來，跟小迪迪說。

「這華仔，嘉薰醫生開的藥，他有吃麼？」小迪迪為自己一再陷進惡境，不禁抱怨起來。

「也有可能藥也打不敗細菌！」高飛面色更深沉了。奇怪，心裏好像有一種催促，有一種呼喚，要他回應。他也說不準那是什麼的召喚，但又覺得要作一點什麼。

想不到刺客的功力，如此厲害，直搞得天翻地覆。如何對付他呢？呀，高飛猛然想起什麼，緊張地問小迪迪：「剛才你不是踢了刺客一腳？」小迪迪點頭。

「我怎麼就疏忽了！來，讓我教你如何與敵人埋身接觸後，從對方身上取得『邪惡之珠』來還擊。這珠蘊藏敵軍的密碼。我軍只要觸摸這珠，便可辨認外敵追殺。」

小迪迪還小，不曉得他可會掌握得來，但華仔健康惡化，總得設法。小迪迪既緊張又興奮，高飛耐心地一步步傳授：先集中注意力，把意志移向腳底，深呼吸，再運用丹田把敵人的印記吸進身體內……

「不行！我不會！」小迪迪好沮喪，苦着臉。他努力嘗試了許多次，就是無法把自己腳底的掌印吸進身體去，更遑論將它消化、轉化，把邪惡之珠吐出來。高飛不斷為他打氣，也未能成功，只好多番安慰、鼓勵。想到刺客正大肆破壞華仔的身體，但一時又苦無對策，心裏深感無奈惆悵。

一切終於回復平靜，但四周已被洪水淹成澤國。他倆坐在洞穴口，風仍大，路也不好走。

6 龍源在呼喚

「深深吸一口氣，憋住！」又傳來一天籟聲。

遠處發出一道閃光，小迪迪馬上掩耳，怕會傳來巨雷轟響。

沒有雷響。高飛驚惶失措，心頭猛跳。小迪迪也感覺到高飛的不安，問：「怎麼了？那閃光是什麼？」

這時閃光的遠處，有鷹在盤旋。一陣狂飆吹來，高飛腰間的心形葉，不安地指着閃光的地方。「那不是閃電，是X光。光線由龍源肺部來，華仔正接受肺部

X光檢查。」高飛解釋說。

喔，肺部出問題了。難道細菌已結集龍源，要摧毀「長城關」?! 但剛才的刺客，單槍匹馬，逃走的方向，明顯不是衝着肺部去。這意味着什麼呢？他苦苦思索。

他想起怪客、刺客的兵器，都不一樣……高飛忖度了須臾，面色一沉，恍然大悟：「喔……這可糟了！早前大軍壓境，花生怪客操的是『伏龍刀』！專用來摧毀龍源的。而剛才那刺客手上的刀，呈山字形，是用來直搗腎臟——磯里山脈——的『山脈劍』！」

高飛琢磨發生的一切，明白過來：華仔受流感病毒感染，沒有好好調理，細菌乘虛而入，從鼻咽長驅直進，結集在龍源肺部；之後還掩人耳目，派出探子單槍匹馬，到磯里山脈探聽虛實，企圖摧毀腎臟！

而那些花生怪客，形狀像一串串相連接的珠子……喔，不就是……不就是惡毒的肺炎鏈球菌嗎！高飛的心馬上冷了半截，為華仔憂心如焚。不能再耽

擱了，他得馬上到龍源去。對！他明白了！早些時他感到內心有一種呼召 —— 那該是來自龍源的呼喚。龍源在召喚他 —— 龍源等待他回家！

他給小迪迪解釋，不能再與他作伴漫遊，得與他分手了。

「龍源？很遠嗎？到那裏去，可有危險？」小迪迪問。

「那確是險要之處，想必是難關重重。」高飛低頭看一看胸前的珍珠，語氣更堅定了。「不過，龍源是我的家，保護家園，趕出外敵，是我一生的召命，我樂意執行。無論多艱苦，就是為華仔粉身碎骨，我也不會推辭。」他把心形葉子緊握在手裏。

小迪迪眼珠直打轉，彷彿很難理解。「華仔有你這個忠心的高飛，我真替他高興。」小迪迪由衷地說，眼眶忽地紅了。高飛大略給小迪迪指點可以走的路，叮嚀再三，才與他握手告別。

7 再上路

陰雲蔽天，日月無光，洪水淹沒了大片禾田，高飛走在田間的小路上，一個不小心，半條腿就栽進濕漉漉的軟泥 ，整個身體也好像要塌垮下去。他心沉甸甸的，為華仔擔憂不已，看來他病情嚴峻呢！高飛邊走邊祈禱。上天啊！請給嘉薰醫生智慧，可以對症下藥，讓華仔快快康復過來！

與高飛分道揚鑣，小迪迪走了半天的路，見天灰濛濛的，四下張望，樹木叢林好像鬼影幢幢，風吹草動又叫他以為刺客來了，疑神疑鬼。跟高飛作伴，談談笑笑，不時又可作弄他；跨過困難，心頭更是有滿足感、成功感。現在一個人，好孤單喲！還有，他不得不承認，見識多了，倒多了點忌憚，有點害怕。

正猶豫如何走下去，心忐忑不安，一頭田鼠剛好急急在身旁竄過，草堆「沙」的一聲晃動一下，叫他

像被什麼嚇壞了，整個人彈跳半空，驚惶失措，一個踉蹌沾了滿身淤泥。

「不！」他決定了，這樣神經兮兮，沒意思，得回頭追趕高飛去。馬上爬起來折返，急跑了大半天，最後趕上了，在高飛背後嚷道：「我想過了！去龍源也不錯，向高難度挑戰嘛！還可以為華仔抗敵呢！」

高飛回望，見小迪迪一臉神氣，嘴裏還滔滔不絕。「之前的危難，都是上天看在我的臉上，給你逢凶化吉。我這樣丟下你，於心何忍？」小迪迪飛步走前，與高飛並排，用手肘頂了一下他的胳膊，說：「而且，到你的家，你會包食宿吧！」

一路心情沉重的高飛，也咧嘴笑了。

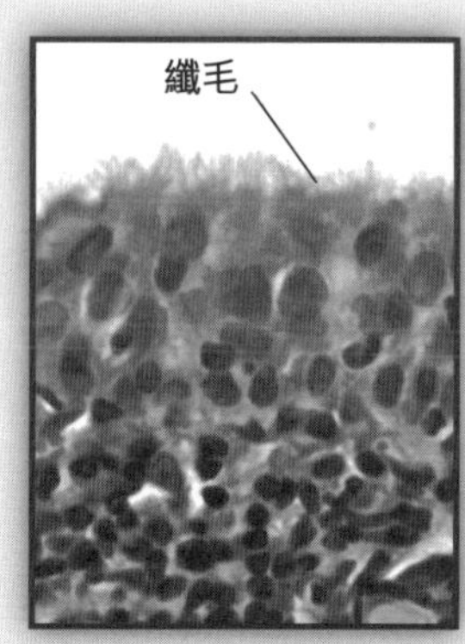

鼻腔的空調

鼻咽黏膜細胞

我們吸入的空氣，須經鼻腔淨化、溫暖和濕潤的步驟，才進到肺裏。為了達到這目的，鼻腔生有長而粗的鼻毛（vibrissae），也佈滿血管和黏液腺。

鼻腔內左右兩側更有三排突起、類似貝殼的**骨甲**（Concha），層架式的，像書架般。這三排「書架」，不但增加了空氣接觸鼻腔黏膜和血管的面積，也令吸入的空氣產生「湍流」，延長空氣與鼻腔接觸的時間，令鼻腔更有效地發揮溫暖、濕潤的功能。

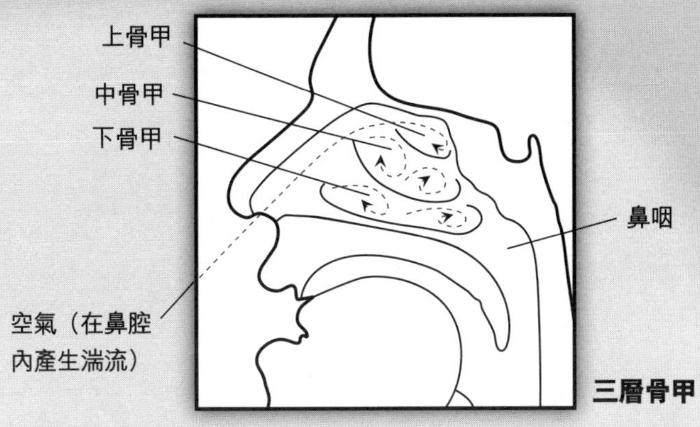

三層骨甲

你可知道？原來每隔二十至三十分鐘，一邊骨甲的血管就會擴張。充血後的骨甲會阻塞鼻孔，減少空氣接收。那時候大部分的空氣，便會流向另一邊鼻腔。這種「一開一關」的情況，可以保護黏膜，讓鼻黏膜可以常常保濕，不會過度乾涸，受到破壞。你說，是不是挺有趣奇妙呢？

要是害了鼻敏感，骨甲的血管會充血膨脹，阻塞空氣流通，人就會「鼻塞」了。

人體的構造，
可真奧妙呢！

烽火密令

1 非常警告

天空逐漸清明起來，前面是一大片遼闊的草原，平原盡頭，山巒起伏，山脈中最高的，就是「下丘腦」。它與腦下垂體發射站相距不遠，是人體的「體溫控制中心」。

「高飛，看！發射站附近起了山火！」小迪迪驚叫。山頂處，有一縷輕煙嫋嫋升起，直指青天，不時還隱約看見點點火花。

「天啊，那山頭也起火了！」不遠處另一座山，一炬火焰正在燃起。

接着，在更遠的山頭，火光也出現了。就這樣，一點一點的火焰四起，自近至遠，燃燒開來……

「是烽火台！」高飛呼喊。不可能是山火，該是烽火台上的熊熊烈火，把消息從一座山傳到另一座山，一直傳至遠方。

這時，第一座山的火焰，燒得更烈了，烏黑的濃煙，仗着風勢，肆無忌憚地往外撲。

火勢愈燒愈猛，高飛的神經也繃緊了。「戰爭，快爆發了！」他憂心忡忡，連小迪迪也緊張起來，加快步伐跟隨，準備穿越草原上山。

「轟轟 —— 隆隆 —— 」喔呀！腳下地殼在震動，像是地震！高飛和小迪迪一時穩不住腳，跌了個踉蹌；還未回過神來，一切又回復平靜。

「高飛，好可怕呀！山火未滅，又來地震！」小迪迪雙腿有點發軟。

高飛掙扎着站起來，心在撲通撲通地亂跳。「小迪迪，這不是地震！—— 華仔像你一樣，在發抖。」

突然傳來一陣急促的馬蹄聲，愈走愈近，好像在高飛背後往他衝來！正要轉身躲避，卻劈頭聽見一把聲音：「高飛，怎麼會在這裏遇上你？快上馬來！還有你的朋友。」高飛和小迪迪未及反應，已給提起，手足在空中亂舞，再一屁股跌坐到馬鞍上，胯下感到馬力強勁。

高飛回頭，呀！背後操着繮繩的，竟是老相識——單眼細胞李科濟！

科濟的軍馬，行色匆匆，高飛感到戰爭的氛圍，正濃濃襲來。

李科濟一面控制馬嚼子，一面連連向馬抽鞭，呼喝着馬兒加速前進。馬的步幅大，四蹄蹬踏強勁有力，在草原上迎風疾馳。

「科濟，烽煙四起，華仔身體出了大問題 ——」高飛發愁。

「對，有外敵入侵，要準備抗戰！讓你騎上來，好與你交換戰場情報。」科濟神色凝重，眉頭緊鎖，目光盯住烽火台的烈火。

高飛把幾天前兩遇花生怪客、刺客，以及和他們武功比併的事，一一相告。

「看來細菌的武功高強，我們很難對付呢！」科濟忐忑不安，面容更添了幾分焦慮，「不知道嘉薰醫生斷了症沒有？藥下對了嗎？怎麼病情仍未有起色？」

「所以我正趕去龍源，與敵人作生死戰！」高飛情緒激動。

「那真好！我正要到驛站守崗，讓我送你一程。這樣高的山，還要走一大片盆地，沒有我這匹馬，量你三天三夜也走不出去——小心，穩住身子！」

科濟大喝一聲，拽緊馬韁，再用力一扔，馬的步伐頻率急轉，前肢挺起，像攀爬什麼似的，身體兩側旋即伸出翅膀，上下搧動，四蹄踏空，凌空飛騰起來。

「喔呀！不！不！我畏高的！」小迪迪緊閉雙眼，死命抱着馬頸。馬匹不顛不晃，不住往上攀升，下面的草原不斷縮小，從身下退去。軍馬在半空排成一列，朝山丘飛去，頃刻青蔥的山巒已在眼前；山綿延相連，像手牽手的綠衣巨人。

烈焰的熱量，令四周的氣溫上升，高飛俯首張望，灼灼火舌，在山頂連成一線，墨黑的灰燼給颳上高空。點點硝煙，延綿千里之外，是緊急的「烽火密令」！「轟隆隆——轟隆隆——」又一次地動山搖！高飛在空中，清楚看見下面一切景物都在東歪西移，明顯比上一趟晃盪得劇烈多了——華仔顫抖得更厲害了。

「華仔，你得硬挺下去！」高飛惴惴不安。

高飛在馬鞍上，十分焦灼，巴不得一下子就趕到龍源。非到龍源不可！他心裏吶喊。到龍源，已成為他的召命！一聲緊接一聲的呼喚，重重敲着他的心扉，使他有點躁動，無法安靜下來……

2 烽火台

馬兒剛飛越烽火台。那兒架起一面告示牌——「下丘腦體溫控制中心」——字又粗又紅。平台旁有士兵站崗，圍着熊熊篝火，觀察形勢，不時把身邊一捆捆的柴扔進火裏，木頭「劈劈叭叭」地燃燒起來，把烽火嚴峻的形勢又推高了。

火焰沖天躍起，突然「轟轟隆隆——轟轟隆隆——」又一陣地陷山移！

「華仔，今天覺得怎樣？」溫文儒雅的天籟傳來。

「嘉薰醫生，我全身發冷發抖，好辛苦！」華仔打着哆嗦，連聲音也顫抖。

「華仔，這是正常現象，因為你發高燒了。發燒表示身體已對病菌作出反應，這有助消滅病菌；可惜

卻會令你發冷發抖，很不舒服。我會留意你的身體狀況，對症下藥。」嘉薰醫生一邊解釋，一邊安慰。

華仔果然病情不輕！高飛心裏發緊。嘉薰醫生，你得快點下藥啊！高飛清楚記得自己上過一課，有關身體的一個奧祕，就是人體各個器官的溫度，會維持在下丘腦「體溫控制中心」那個「定點溫度」。健康的人，正常體溫會被「定點」在攝氏三十六至三十七點五度之間。這叫「定點概念」。

人受到病菌感染，身體會釋放不同的因子，因子就隨着血液運行全身，這是身體的「軍事情報」。軍事情報會送到體溫控制中心，刺激那裏的細胞。控制中心一旦探測到這些因子，便會把人體的定點溫度調高。人體器官為了達到這新的定點溫度，便得努力產生熱能，將原本的溫度調高。於是，病人便會出現戰抖的現象。

這種肌肉收縮運動，有助釋放熱能，也會抑制汗流，使皮下血管收縮，以減少熱量揮發流失。流過皮膚的血液少了，手腳就變得蒼白冰冷，儼如進入嚴寒之中發冷發抖。這種情況，要到身體器官的溫度達到已調高的定點溫度為止。那時，體溫升高，便是發燒。微燒有助新陳代謝，調節抗疫細胞的分化和數量，加強免疫能力，更能有效地與病菌抗爭。

高飛把烽火密令的來龍去脈告訴小迪迪。小迪迪一路觀察，知道華仔病情怠慢不得，也認真起來，留心細聽高飛的教導。他悟性可高，竟有領會，「如果病菌消滅了，下丘腦就會把溫度調降到正常的三十七度左右，對不對？那時，人可熱呢！就像來到酷暑天氣，全身流汗，皮膚血管擴張，急不及待要把器官內多餘的熱量揮發，讓身體降溫。」

「孺子可教！孺子可教！」高飛這刻才稍舒愁懷。不過，大戰如箭在弦，什麼時候下丘腦才能降溫，叫烽火熄滅呢？

體溫控制中心

皮膚的溫度，會隨着外界的氣溫轉變，但身體內臟的「核心溫度」(core temperature)，在一般氣候和健康情況下，卻會大致維持不變，介乎攝氏三十六至三十七點五度間。醫學上，我們以核心溫度> 38℃來界定病人是不是發燒了。

然而就算正常人，在一天以內，體溫也會波動，不可能常常維持一樣。清晨時分，體溫往往是最低的；而劇烈運動過後，身體產生大量的熱能

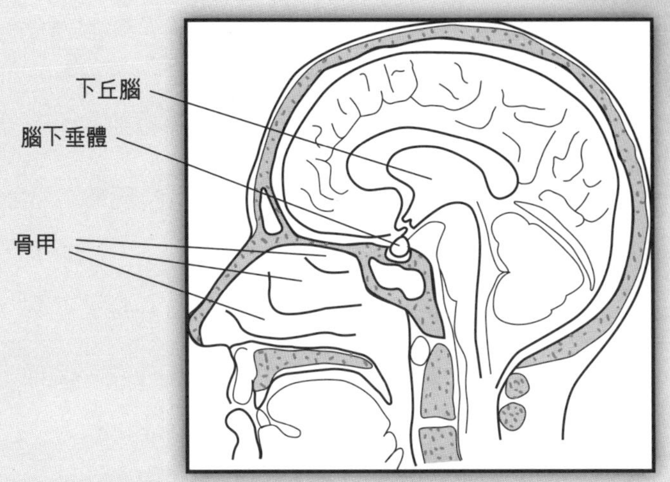

下丘腦與腦下垂體位置

未及揮發，體溫也會升高。探溫的位置，也會影響「體溫」的度數——通常肛門的溫度比口腔的溫度，高出約攝氏零點六度。

人體的「體溫控制中心」位於**下丘腦**（Anterior hypothalamus），負責監察身體各部位的溫度，控制熱能的產生或消耗，以維持核心溫度。

在一般氣溫下，身體可以有效地散發熱量；不過，要是酷夏戶外氣溫過高，再加上空氣潮濕的話，人體的汗水就不能有效地揮發降溫，身體的溫度便會上升。

當體溫升到攝氏四十一度左右，人便感到不適、頭暈，出現嘔吐，甚至休克、昏迷 —— 這便是中暑。如果不及早把病人送往陰涼通風的地方，替他降溫，那麼高溫便可能破壞他的中樞神經，使他喪命。

因此，該避免在高溫、潮濕的環境下長時間工作；在烈日下要多喝水。如有不適，要及早走到陰涼地方去散熱。

人體的構造，
可真奧妙呢！

飛天穿梭毯

1. 跳馬轉毯

「快開戰了！這場仗，不好打呢！我得隨時候命，拚到底了！」科濟收緊馬繮，在馬兒嘶叫聲中，語氣急促：「看！快到腦下垂體『飛毯發射台』了！高飛、小迪迪，請準備轉車吧！」

高飛極目張望，見一座白色圓拱形的飛毯發射台，像半個地球儀，立於巍峨的山嶺平台上，在湛藍的天色下，煞是奪目。各種形狀色彩的飛毯，漫天都是，都由腦下垂體發射台放出，在空中到處飛翔，如斷線的風箏。飛毯是分泌出來的激素；飛毯有異，正如供器官使用的激素各別。

「『腦下垂體』是身體重要的內分泌器官，生產不同激素，計有生長激素、促甲狀腺激素、黃體生成素、促腎上腺皮質素、催乳激素等，對身體各個器官，產生不同的作用。」高飛給小迪迪解釋。

「嘩！好美麗的飛毯啊！」小迪迪讚歎不絕。這時一張三角形的飛毯迎頭飛來，科濟揚聲說：「高飛、小迪迪，事不宜遲，那是飛往『腎上腺金字塔』的穿梭飛毯，是往龍源的途徑，請準備跳馬！」

「科濟，龍源是軍事據點，我們會好好保護這長城關的！」高飛緊緊握着科濟的手，許下諾言。

正準備半空「跳馬轉毯」，卻見小迪迪打着哆嗦，牙關「格格」作響，緊抱着馬的脖子不敢起來。「我不希罕坐這樣的飛毯！有什麼好玩的！……」他咕噥着。

高飛見小迪迪兩腿抖顫得邁不開步，仿如自己當初來到骨髓「莫回頭關」，提不起勇氣跳崖一樣。是淑翩的勇氣和良善，令他躍出生命重要的一步。

「來，迪迪，閉上眼睛。不用怕！」高飛深深吸一口氣，把小迪迪揹起來。

小迪迪牢牢抓住高飛的肩膊，小身體不時抽搐幾下，心在強烈悸動。「科濟，我們就此道別，一路順

風！」高飛盤算好飛毯的距離，躍身而下。

「撲通！」一陣加速過後，高飛和小迪迪落在那飛毯上。一回頭，只見科濟的軍馬在空中拐了個彎，浩浩蕩蕩地奔馳遠去，還隱約傳來他誓師之言：「萬眾一心，為華仔殺退惡敵！」

溫煦的陽光輕撫着高飛的臉，天上飄着雲，飛毯輕飄飄的，毯身微微向上傾斜，卻平穩得很。毯的兩邊隨風搧動，像魔鬼魚的兩側。還傳來風聲、雀鳥聲，下面一片清蔥，婆娑的樹葉映照陽光，一明一暗地像閃亮的眼睛，也像一隻隻揮動的小手，迎風展笑；朦朧間，又似看到一個龍頭路標。這片崇山峻嶺，在眼下竟覺得渺小。四周顯得那麼安詳、平靜，戰爭好像變得不真實。高飛緊張的心情倒一下子舒緩了。

小迪迪定下神來，想起剛才的怯懦，深感慚愧：華仔的健康來到危急關頭，自己還只顧鬧情緒。「我得長大啊！要勇敢一點，像高飛那樣！」他暗下決心。

「兄弟，你好！歡迎轉乘穿梭飛毯。我叫『促腎上腺皮質素』。」

2 千里速遞傳奇

飛毯自我介紹：「到腎上腺去，是我這激素的生存目的，好通風報信呀！」頓了頓，說下去：「我是人體最棒的『千里使者』，把信息廣傳開去，保證可靠、準確、快捷、不誤點！」語氣不無自傲得意。

「激素是速遞員，負責傳送身體狀況的消息到各個器官去，被稱為『第一信使』。」高飛給小迪迪補上一句。這時他們剛好飛過甲狀腺湖泊區，只見許多大大小小的湖，平滑得像潤澤的彩池，映照着淡淡嫣紅，平靜安恬。

「湖水看來有很豐富的沉澱物質呢！」小迪迪

說。

飛毯點頭，說：「你也真聰明。湖水存着的，是甲狀腺素。那圓形的飛毯，就是往那裏報信的。」他指向遠處的一塊飛毯。

高飛馬上作處境教學，轉身向小迪迪解說：甲狀腺素控制人體的新陳代謝。如果甲狀腺素下降，人會出現怕冷、體重上升、心跳緩慢、便祕、反應遲鈍等許多毛病；可是過高，人又會怕熱、體重下降、心律不整、手顫等。因此甲狀腺素必須維持在一定的水平。

幸好人體有自我調節的機制，把甲狀腺素控制在穩定的水平。體內甲狀腺素不足，就會有信息傳給腦下垂體，放出「促甲狀腺激素」到甲狀腺去，令甲狀腺釋放更多的甲狀腺素，補充不足。反之，如果甲狀腺素過高，腦下垂體收到信息，便會減少這種激素的分泌，而甲狀腺便會相應地減少分泌，以控制血液的甲狀腺素水平。

小迪迪雙肘支膝，靜靜地聽着，若有所悟：「腦下垂體和身體器官可關係密切。」這些激素真奇妙，像信紙一樣，把信息由一個地方傳遞到另一處。沒有飛鴿傳書，卻用激素千里傳音。

「你長途飛行，沒有指引，天那麼大，地方那麼多，不怕迷路嗎？」小迪迪感到疑惑，問飛毯。

「不可能迷路的，腦下垂體早把地址寫在我們身上。答案就在這裏。」飛毯指指自己呈三角形的身體，說：「我們激素由蛋白質組成，每種激素的形狀都不相同，像一把鑰匙，來到早已安排的門，插入相配的匙孔，就能傳遞消息。其他的器官，由於匙孔不相配，也是無從通訊的。」

「人體設計得這麼精密，真是傑作！我想非有不凡的智慧，創造不來。」小迪迪讚歎不已。

「嗯，人類不是從石頭爆出來的麼？」高飛微笑，有意捉弄。

小迪迪這時卻一本正經，「哼，我是初生娃娃嗎，

高飛？單是跟你到血管漫遊，看到紅血球如何跟缺氧的細胞交換氣體；或者耳膜、軟骨如何先行互動，讓人有聽覺，我就看出人體受造，真是奇妙可畏！」

嗯，小迪迪認真起來，可不能開玩笑，高飛想。

「對。人體構造這麼複雜奇妙，一定出自縝密的思考；而要不是出自愛，誰有這種心力！」高飛知道小迪迪早晚會明白他的話。

「哈哈！你這樣關心華仔，也是出於愛吧？」小迪迪扮了個鬼臉。

高飛極目遠眺，遠處是「智慧老人村」的大腦；腳下是「堡壘驛站」淋巴腺，在那裏他發現自己的清道夫身分，也幾乎和淑翩失散；還有那白花花如珍珠的瀑布，是「毒氣加工場」肝臟，他和淑翩在那裏幾乎命喪；再往前飛，是「分手堤壩」脾臟，和終年積雪的睪丸極地，那兒有精子戰機，也有阿新挑撥離間的陰謀……他默默思想。

腳下的景色，展示着他生命歷險的藍圖，盛載他成長的掙扎疑惑。他回顧過去，同時也飛向未知的將來……

3 危險讀數

飛毯俯瞰地面，專注地找尋匙孔。不一會，他扯開嗓門：「快到了！準備下降！」耳邊的風呼呼作響，勁風颳臉。高飛和小迪迪要與風搏鬥才能保持平衡。

眼前的景物愈來愈大，他們從眼縫中，瞥見一座金色的三角塔。飛毯像箭頭般筆直地朝目標飛去，速度愈來愈快。高飛真擔心他直衝往金字塔的牆身，招來粉身碎骨。

千鈞一髮間，飛毯突然在半空劃了一個四分一的弧。因為慣性作用，高飛和小迪迪只覺整個人栽在軟

綿綿的毯上。衝力一消，他倆雙腳便穩立地上，只是小迪迪還在不停地戰抖。

飛毯向他倆欠身說：「朋友，我要把腦下垂體委託我傳遞的信息送出去了。」金字塔上有一行行的長形孔眼。這些孔眼，像郵筒的投信口，一行行排列開來，成千上萬，整齊有序。每個孔眼都有一盞小燈泡，像供驗證用。

「抵壘成就了我生存的意義。當跑的路我已經跑盡！」飛毯很舒坦、滿足，對自己功成身退，也沒有一點傷感。高飛看在眼裏，心弦觸動。

飛毯一跳一躍，把尾巴橫插進投信口。上面的燈泡亮起了紅燈，一閃一閃，發出「卡察」、「卡察」的旋轉聲，正配對什麼。飛毯把半個身子探出牆外，好像臨別依依。「兄弟，我們促腎上腺皮質素主責刺激腎上腺，令它產生皮質醇。每逢人體受到壓力、傷害、感染或疾病，我們的數量便特別多，簡直是滿天飛啊！」

「皮質醇？」這名詞教小迪迪摸不着頭腦。

「皮質醇是腎上腺釋放的一種激素。」飛毯看出他的疑惑，解釋說：「當華仔受到壓力，感到疼痛，或受到感染，腦下垂體就會分泌促腎上腺皮質素，刺激腎上腺令皮質醇上升。皮質醇能使身體起多種變化，幫助人面對壓力。譬如它提升血糖和血液的蛋白質，也影響脂肪的新陳代謝，這樣便可以更有效地為身體提供所需，補充能量。它還能遏止發炎，加速身體痊愈——」飛毯不經意朝天一看，驚叫：「哦呀，今天來了許多朋友！」

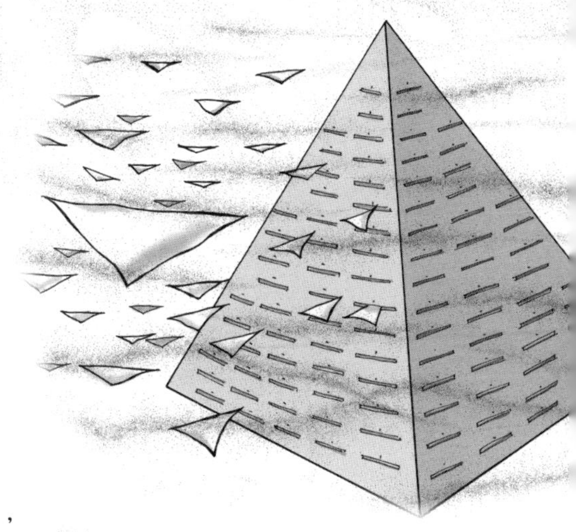

高飛、小迪迪仰頭，嚇傻了！不曉得什麼時候，漫天佈滿一點一點的飛毯，成千上萬地飛來，還隱約傳來毯子乘風「颼颼」的聲響，像有一大羣黑色的蝗蟲迎頭襲擊，又像有萬千轟炸機往金字塔俯衝，遮蔽了半邊天。

黑影愈來愈大，依舊全速飛行，如刀鋒般俯衝下來，瞄準橫插向長形的孔眼。該是在腦下垂體飛毯發射台當值的護衛員發現華仔的健康出現問題，判斷事態嚴重，一下子放出了許多三角飛毯。

飛毯催促道：「大事不妙！華仔看來病重！大難臨頭啊！腦下垂體感應到病菌入侵，大量分泌促腎上腺皮質素，令皮質醇升高，好教人體加強抵禦外敵的能力。兄弟，快點回家，到崗位報到，打一場漂亮的仗啊！」倏地長形孔眼的燈光由紅轉綠，把飛毯的身體吸進金字塔。

對！細菌已入侵華仔的身體，身體作出應變，加速釋放皮質醇。高飛耳邊的「嗡嗡」聲愈來愈頻，從頭頂襲來，幾乎震耳欲聾。他把小迪迪推過一旁，雙雙趴在地上。這時萬塊促腎上腺皮質素飛毯，像箭頭穿靶，幾乎同時「啪啪啪」地嵌進長形孔眼裏，紅色的燈光猛閃呀閃，「卡察」、「卡察」的聲音此起彼落。高飛沉着氣，明白這一切都成了緊急的信號，像某部生命探測機，驗出了危險讀數，不安地響起警報。

一張張飛毯使者，頃刻都給吸進腎上腺金字塔去了，腎上腺就緊接動工，機械急速運作，「呼——呼——」作響，塔頂在冒煙，努力生產起皮質醇來。剛才在天空上逍遙和平，這刻雙腳才立地，一下子就變成煙火處處，戰爭一觸即發。高飛心裏泛起驚恐。小迪迪想是恐懼、緊張過度，說不出話來。

嗯？金字塔旁不是有一個龍頭路標嗎？「到磯里山脈去！」高飛心裏有一陣催迫，得馬上回應，「跟我來！」高飛拉起小迪迪，大力躍起，準備拐過腎上腺金字塔，往繩索吊橋方向奔跑。

第一信使激素

激素（Hormone；即文中的「穿梭飛毯」）是血液裏的化學物質，大多由蛋白質組成，作用範圍很廣泛，能幫助身體發育成長、新陳代謝，也維持電解質、血糖的平衡等。激素被稱為人體的「第一信使」（The first messenger），能把一個器官發出的信息，傳送給另一個器官。

那麼，身體怎樣利用激素傳遞消息呢？

原來激素由內分泌腺體釋出。體內有許多內分泌腺體，遍佈在不同器官，主要有下丘腦、腦下垂體、甲狀腺、副甲狀腺、腎上腺、胰臟、睾丸、卵巢；不過心臟、腎臟、胃、松果腺、胸腺、小腸、胎盤等，也會釋放不同的激素。內分泌腺體一旦感應到身體的變化，就會分泌激素；釋放出來的激素就會隨着血液，走到身體各處去。

每個器官的細胞，都有獨特的激素感受器。當激素到達「靶器官」（target organ）時，激素裏的蛋白質結構，會與靶器官細胞的感受器配合，像鑰匙和門鎖的配套般，衍生一連串化學反應，刺激靶器官產生相應的轉變。

就這樣，身體的信息，便可以從內分泌腺體，傳到另一個遙遠的器官，影響了該器官的運作。

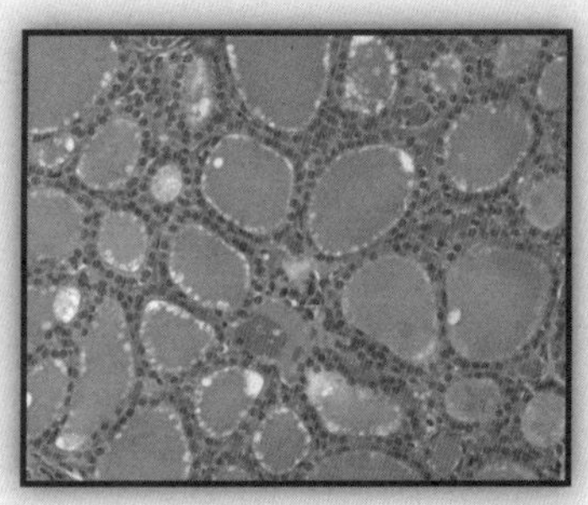

甲狀腺

巧妙調節器

激素功能廣，但過多或過少也會影響身體健康，因此必須維持在正常的水平。身體有一套精密的「自體調節」機制（autoregulation），好控制激素的分泌。

當血液的激素不足時，內分泌腺體便會受到刺激，增加分泌，令激素水平升高，達至正常的範圍；而當激素過高，內分泌腺體的刺激便會隨之減少，令激素生產下降，即「負反饋」（negative feedback）。甲狀腺素能維持水平，就利用了這調節機制。

又以胰島素為例。當血糖過高時，胰臟收到感應，便會釋放胰島素，把多餘的糖分運到肝臟、肌肉等地方轉化、儲存，令血糖維持在正常水平。胰島素的反應有多快？當血糖升高時，體內胰島素的濃度，可以在三至五分鐘內飆升十倍！而當血糖降低時，胰臟也會在相若時間內中斷胰島素的分泌，以減少血糖轉化消耗。

糖尿病人因胰島素分泌出現問題，血液的糖分高持不下，因而引起許多併發症。

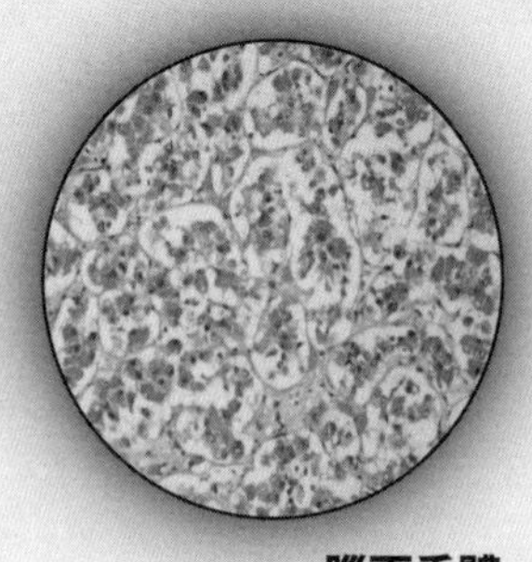

腦下垂體

控制大員腦下垂體

腦下垂體（Pituitary gland；即文中的「飛毯發射台」）是一個非常重要的內分泌腺體。它分泌的激素，除了對身體的成長和新陳代謝起關鍵的作用外，更控制其他腺體分泌激素，如甲狀腺、腎上腺和卵巢等。腦下垂體的腫瘤，或會影響它的分泌，因此病人的發育成長，以及體內其他的內分泌腺體，亦會廣泛受到牽連。

腎上腺，割不得

腎上腺（Adrenal gland；即文中的「金字塔」）分泌的皮質醇（cortisol），能影響人體的血糖、蛋白質和脂肪的新陳代謝，幫助人抵抗壓力和炎症。如果腎上腺經手術切除，或因害病受到破壞，一旦染病，身體就不能作有效的調節應對。

在這種情況下，即使受了輕傷，動小手術，或染上輕微的肺炎，也足以致命。醫學上稱為「腎上腺皮質危象」（Addisonian crisis）。

人體的構造，
可真奧妙呢！

繩索吊橋

1 狹路相逢

腎上腺金字塔依山而建，高飛和小迪迪在金字塔旁的通道，箭步繞到牆的另一邊，就趕到腎臟「磯里山脈」。

面前是一條窄徑，徑旁是一道懸崖，陡峻的峭壁幾乎垂直而下，與對面山脈在深淵處相接；一條彎彎曲曲的河流在山腳蜿蜒而過，像一尾蛇盤繞着。壁上只見嶙峋巨石，以及一叢叢枯黃的野草。

高飛和小迪迪倒抽一口氣，才往下看一眼，腿就軟了，站在徑旁，彷彿隨時會失去重心，跌下崖去。他們拐了一彎又一彎，仍未看見吊橋。太陽快下山了，天空染得一片橘紅；但瞬間只留下殘霞，雲像焙焦了的麪包，一團灰一團黑，風也清勁起來。高飛感到一陣寒慄，再找不到吊橋，天一黑，他們可要在山頭度宿。

戰爭已無可避免，高飛不想在這裏耽擱太久。

在較遠的轉角處，昏暗裏，赫然有絲毫動靜。

在山徑靠崖的一邊，有兩隻手共六個小指頭在探索，似乎有什麼正從懸崖爬上來，教他嗅到一絲危機。高飛用胳膊肘碰碰小迪迪，打了個眼色，示意他別作聲，自己加快步伐上前。

才半秒，一個身影已從崖壁翻上山徑，乾脆利落，儼如一頭夜貓子不動聲色，準備偷襲。高飛登時背脊發毛，一陣陰冷，從頭頂滲到腳跟。影子又晃動，是熟悉的葫蘆形狀！心暗叫：「又來了！」知道面前的刺客，剽悍冷酷，武功又在自己之上，高飛的心揪緊了。怎樣也好，必須走近它，盜取密碼，再招兵買馬，才有得勝的把握。

刺客上了懸崖，機警地回頭察看四周，想不到在遠處已遭監視。

小迪迪許是認為我方稍佔優勢，或許感到華仔的病情告急，也不待高飛指示，馬上頓足擦掌，口中虛

張聲勢，主動出擊「嘖——咿呀——」他舞動手腳，大叫：「看我的雙龍出海！」再來一個「蛇蠍擺尾！」

對方不屑地一笑，立時抽出獨門武器山脈劍，一陣陰冷的寒風，自劍鞘竄出。一記「持劍彈跳」，就躍到小迪迪前方不遠處。

小迪迪不防自己的功夫未能嚇退刺客，反招惹殺身之禍，整個人慄了，雙腿一軟，盤坐地上。雙手朝天，「萬佛朝宗」沒唸出來，倒像投降似的。

花生刺客不由分說，劍一揚，狠狠地往小迪迪的心臟插去。小迪迪哪有反抗能力？他呆坐着，牙關打震，仿如一頭任由宰割的小羊。

「叱呵！」高飛怒斥刺客，閃速拔出彎刀，力劈下去，橫擋山脈劍。山脈劍一抖，從花生刺客手中掉下，高飛乘勢撲向刺客胸膛一削。刺客反應快，迅速往後彎腰，成一拱橋，刀鋒在他腰上掏了個空。

高飛急旋身，右腿一蹬，橫掃對方雙腳。花生刺客及時躍起、倒立，避開高飛的「掃帚腿」，再施展「蜈蚣彈」。雙手往地上一推，騰上半空，空翻一百八十度，在空中企立，像懸浮在大氣中一般。嘖？這是什麼招式！高飛暗罵。

這時刺客又雙手張開成「大鵬展翅」，凌空俯視，一雙吊睛滿是憤怒狠毒，佔盡上風。高飛還來不及盤算對策，刺客已猛地向他的心臟踢來。

哎喲！高飛胸膛吃了一腳，一陣劇痛傳遍全身，彎刀也掉了。他頓時失去重心，像陀螺般打轉，往後打了個筋斗，在懸崖邊一個踉蹌，左腳踏空 —— 喔呀！整個人跌出去……

「高 —— 」小迪迪驚喊。一秒半秒間，只見高飛發狂亂抓，像飛猴擒樹一樣，抓住崖邊一根粗樹枝。再一個彈跳，縱身回到崖上。

而刺客冷冷一笑，早已回到地面，撿起地上的劍，往前方逃竄了。

2 變身變臉變種！

刺客步履既急且勁，把高飛、小迪迪遠遠拋在後頭。

高飛一邊從後追趕，一邊運用功力，把留在胸前刺客的腳印吸入身體、消化，在胃裏翻騰一陣，再反芻。不多久，喉間有一顆珠子打滾，是腳印化成的。嗯？喉嚨似在灼燒！好苦、好嗆！高飛快要抖不過氣來！他眉頭緊皺，趕緊使勁吐了一口氣──「乞吐！」── 那顆「黃連」才跌出口外。好惡毒的敵人啊！

「呸！呸！」高飛又連吐了幾口苦水，才隱隱地舒了一口氣。珠子呈墨黑色，外表光滑，卻比湯圓更黏膩，像揉圓了的什麼膏丸，牢牢地貼在掌心上，叫人渾身不舒服。哼，終於這「邪惡之珠」到手了！只要把這珠給單眼細胞碰一碰，便能千里之外追蹤刺客，敵人勢將無所遁形。

高飛把食指和拇指放進嘴裏，用力吹響口哨，舉起黑珠子，邊跑邊大喊：「有刺客！快來捉拿刺客！邪惡之珠在此！」

腎上腺金字塔的一堵牆，霍然打開了許多個隱蔽的城門。許多三眼、單眼細胞聽見召援聲，都探頭探腦地伸長脖子，見高飛手持邪惡之珠，紛紛單膝向這位統帥跪下行禮。高飛讓單眼細胞觸摸珠子，跟着一個個單眼細胞騎上駿馬，趕出城門。三眼細胞也緊緊相隨。

高飛跨上馬，發號施令，軍隊在滾滾沙塵中前進，聲勢壯大。小迪迪頭一次置身作戰部隊，感覺很威風。他騎在馬上，從腰間抽出一把彎刀，直指天空，像一個強悍的戰士，誓要剿滅邪魔似的。

軍隊士氣如虹，快馬加鞭，在山徑上奔馳。啊，前面不就是刺客的身影？

「對，就是他！」高飛呼喊：「兄弟們，上！」細

胞發了狠，像巢破給惹怒的一大羣黃蜂，舉起鋒利的矛頭撲前去。

刺客跑得再快，也無法與馬匹相比；再有本事，也不可能以一敵百。何況單眼細胞已掌握刺客的密碼，恐怕他插翼難飛！高飛心裏暗喜。不料，刺客如一股氣流急竄向前，再躍往一個吊橋上。

「他跑到繩索吊橋去了！」不少三眼細胞紛紛叫嚷。

剛好這時兩排紅血球，在吊橋上魚貫地走着，回頭看到急趕而至的刺客。她們除了覺得他的樣子陌生，並不察覺是敵人，毫無戒備之心。畢竟紅血球只負責輸送氧氣，沒有分辨敵我的能力，當然也無力抵禦外敵。刺客發力往吊橋另一端衝去，沿途把紅血球一個一個地往外推倒撞翻，像一個保齡球撞擊樽子一樣。一些紅血球幸好抓緊橋沿的繩索，一些卻跌下深淵。

高飛看見刺客冷酷無情，氣上心頭。「兄弟們，讓我們上前收拾他！」高飛把邪惡之珠高舉，領着軍隊上了橋，準備圍剿。

刺客在吊橋另一端煞住腳，狡黠地回頭一望，側身從軍鞘抽出劍來。他先向劍鋒吹一口氣，然後在空中亂削。那山脈劍散出冷冷寒光，在夕陽殘照下如毒鉤索命。

橋的一半已給高飛為帥的大隊軍馬佔據，人馬喧囂。「嗯！」高飛暗叫不妙。刺客從原本的葫蘆外形，分裂成一串的兩顆「魚丸」，呈「呂」字狀！接着，一陣寒風閃光掩至，高飛緊握邪惡之珠的右手，頓時一陣劇痛，手一鬆，邪惡之珠就掉下去——

原來花生刺客已變身為「魚丸怪客」！他極速使出一記無影手，放出「迴力劍」，割去高飛的無名指和小指；劍端還插進黏稠的邪惡之珠。他一運功，迴力劍就叉着一顆黑色魚丸，回到怪客手上。

魚丸怪客瞧着手裏的戰利品，滿意地笑了。他把頭猛地一仰，臉孔就變得花花綠綠；再一轉頭，呀！面目全非，變得七彩繽紛！一點頭一抬頭間，臉上的紋脈立時換上不同的顏色，像大戲裏的丑角耍把戲般，不住更換面具，一時冷酷陰森，一時氣焰沖天。

「他竟還有心情表演變臉！」緊跟在高飛背後的小迪迪莫名其妙。

「這不是變臉，是變種！」高飛表情嚴肅，「鏈球菌變了種，武功已經大大增強。邪惡之珠不管用了，對手很難對付！」

高飛負傷，仍在淌血。他強忍住痛，策馬向怪客衝去，孤注一擲，把彎刀使勁飛出。「颼！」飛刀像箭長了眼睛一樣，直刺對方。那怪客卻氣定神閒，把迴力劍往左一揮，劍影掠過，彎刀像給一股磁力拖曳，「噹！」的一聲落在遠遠的前方。

尾隨的小迪迪，把彎刀在空中晃動幾下，卻怯於對方的勢頭，無聲地把刀收在手裏。

「兄弟們，上吧！」高飛回頭下令，軍隊聽命全

速往前。怪客來回揮動山脈劍、迴力劍，劍光冷冷，「嘎巴 —— 嘎巴 ——」吊橋好幾條繩索竟給切斷！「嘎巴 —— 嘎巴 ——」像骨牌般，許多條繩索也崩斷，吊橋再也負荷不了軍馬，晃晃盪盪，快要塌垮下去。許多紅血球、馬匹、單眼細胞和三眼細胞，一下子給拋下深淵。

花生刺客在腎臟變了種，破壞了腎小球毛細血管，叫許多血細胞掉進輸尿管和膀胱，大量流失。

吊橋搖搖欲墜，上面的軍隊、馬匹大大騷動。啊！只剩下三根繩子拉扯着！一不做二不休，怪客快步拿起高飛的彎刀，向繩索削下去，隨手把彎刀扔到崖下，然後急往山下竄逃。

「嘎巴 —— 嘎巴 ——」一根、兩根繩索也崩斷了——

怪客正下刀那刻，高飛一把抓過小迪迪，另一隻手緊握橋上一條繩索，穩住自己，耳邊盡是一片驚呼、哀鳴。橋往下倒，無數馬匹、同袍，跌跌撞撞地在他身旁掉下去，帶着求救的眼神。高飛要不是緊緊把繩索纏住自己，也要粉身碎骨了。

小迪迪憋住氣，死死抓住高飛的一條胳臂，眼前的景物在急促轉動。「篷！」高飛的身體猛烈地撞上嶙峋的石壁，軀體劇痛如遭撕裂，抖不過氣來；頭上碎石嘩嘩啦啦地如雨下，砸在他身上，又如在已有的傷口上撒鹽；才一會吊橋又宛如皮球般，沉沉地反彈開去，抖落了更多細胞……

「篷嘭!!」山石突兀，如一把大鐵鎚，沉沉地擊打高飛的身體，叫他身心俱裂。還未喘息過來，這時又襲來一陣氣味，惡臭難忍。高飛和小迪迪嗆住了，一陣噁心；又像被人卡住脖子，感到窒息，頭一栽，都昏厥過去。

這尿液的氣味，一下子俘虜了他們。高飛緊握吊橋繩索的手鬆開了，和小迪迪兩個直往下墜，快要跌進輸尿管、膀胱去，給沖出華仔的身體。

高空上有一頭鷹在盤旋；倏地鷹收起翅膀，低鳴一聲，急急往下俯衝……

腎臟過濾中心

腎臟（Kidney；即文中的「磯里山脈」）是身體不可或缺的器官。

它是很厲害的「過濾中心」，負責清洗人體的血液，把血液裏有毒的物質分隔出來，也把經新陳代謝產生的廢物，隨尿液排出體外。

腎臟還維持體內水分、電解質、酸鹼度等的平衡。此外，又控制血壓，生產紅血球素來幫助人體製造紅血球等。

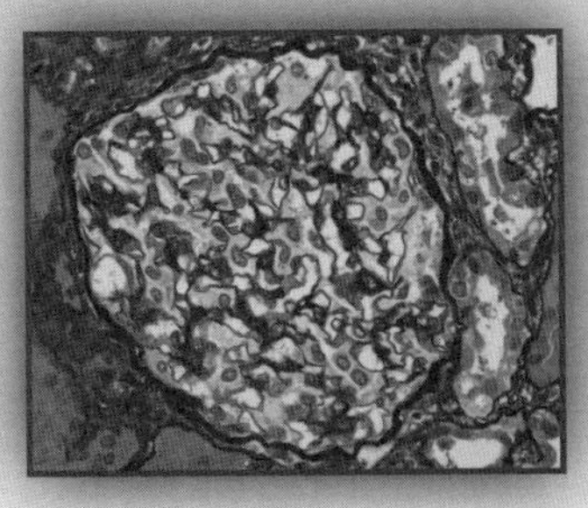

腎小球

腎臟的「洗血」功能有多厲害？你想想，人體兩個腎臟，共有約二百萬個「**腎小球**」（Glomerulus；即文中的「繩索吊橋」），都是「過濾單位」，由毛細血管像線球般組成。腎小球毛細血管的總長度，足足有十三公里！這些腎小球，一天可以清洗全身的血液約三百次。也就是說，每四至五分鐘，全身的血液便會流經腎小球，進行一次排毒。

人體每天的血液流量，共約有一千七百公升，腎臟就從中把廢物篩選、過濾出來，縮合在只有約一點五公升的尿液，再排出體外。腎衰竭的病人得利用「體外透析」（俗稱「洗血」）的方法，來替身體排毒。

人體的構造，可真奧妙呢！

驚濤傷魂

1 龍源號角

高飛睜眼醒來，一道強光叫他馬上別過臉。

他只覺恍惚，頭疼痛非常，四肢疲軟無力，左肩膊還有一道刮痕。嗯？這兒竟是湖畔。小迪迪睡在他身旁。前方有一座高山，峭壁上有多根斷索，在迎風擺動。那裏該有一道吊橋，橫跨山脈；可現在什麼也沒有了，山頂空蕩蕩。橋上不是曾走過萬馬千軍嗎？他們哪裏去了？人馬夾雜的嘶叫、悲啼，求救的眼神，隱隱冒現。

高飛躍起，坐直了身子，冷汗直冒。終於想起來了 —— 高飛激動得趴在地上，雙手猛力搥打，手流血了。

「別這樣，高飛！快別……」是小迪迪，給驚醒了。

高飛兩眼通紅，睜得大大，好像有話卡在喉嚨，說不出來，只直愣愣地望着小迪迪。小迪迪舉目張望，也明白過來，想起一個個受害的戰友，雙膝一跪，伏在高飛肩膊上，窸窸窣窣地哭起來。

「嗚……嗚……我對不起同袍，是我害死了他們！」高飛兩行淚水，如山洪暴發，哭得幾乎連氣也喘不過來。

良久，他倆才平靜下來，默然接受了這次戰敗的事實。

「嗚嗚 —— 嗚嗚 —— 」一聲聲號角自遠方傳來，深沉、有力，餘音拖着一條很長的尾巴，悠長跌宕像龍舞。號角聲來自龍源！它穿透萬里河山，緊急招兵買馬，看來城牆快要崩塌！

華仔的病況未有起色，似乎還嚴重了！龍源急召，是鏈球菌大軍已入侵華仔的肺部嗎？肺部受感染，可不等閒，一旦氧氣供應不足，華仔就有性命之危！登時高飛血脈僨張，咬牙切齒：「龍源是兵家必爭之地，我們身為巨噬細胞，身體的警察，定要到那

裏保衛家園，與敵人決一生死，也為死去的兄弟復仇！」

號角聲又再度傳來，是龍源在呼喚他，催迫着他回去。他內心變得火熱，亟亟要為龍源燃燒殆盡。

「小迪迪，」高飛望進他的眼裏去，「肺炎鏈球菌已變種，讓我們振作起來，為華仔效命！」

2 繫命繩

高飛和小迪迪急步趕到「腎靜脈湖畔碼頭」，打算划船前去。碼頭一片寧靜，湖水也不揚波，是大戰前的死寂。小迪迪走在前面，高飛留意到湖邊有幾大袋雜物，本能地要把它們清除，打開袋口一看，發現裏面是一包包的白色粉末。他沾了一點舔舔，一愣，趕緊把袋子束好，一手提起一袋，匆匆趕到船上。

小迪迪將帆升起，高飛在船尾掌舵。船乘着風勢航行，離開靜脈湖，就駛進心臟海，龍源山脈遠遠出現眼前。

「這兩袋東西吃不得，必須帶去龍源。」高飛跟小迪迪交代，「它是細菌的煞星，對殺敵很有用——」正要解釋，突然一陣狂風襲至，船顛簸起來。

風雲變幻，又厚又黑的雲翳，在遠方聚攏。瞬間，大片烏雲遮蔽了半邊天，好像一枚原子彈剛爆炸開來，迸出濃濃煙霧；又像一隻魔爪張開，伺機行動。天空昏黑，原來陽光普照的海面，頃刻便大塊大塊地給腐蝕掉了。

厚實沉重的黑雲，把龍源山脈重重包圍，遠處的羣山瞬息間給吞掉，近處的峰頂也被削平了，一切景物都變得朦朦朧朧，最後消失在一片濃霧中。龍源變了天！喔，想華仔的肺炎惡化，情況很糟呢！「嘉蕙醫生，你得加緊幫幫忙啊！」高飛不住呢喃。

豆大的雨點嘩嘩地落下，風更大了，呼嘯着，向帆咆哮；浪乘風勢，船搖晃得更厲害了。浪高浪急，高飛不時給拋開去。暗沉沉的天空，驀地掠過幾下閃光，蜿蜒閃亮，冷冷地把天割裂了。是閃電還是X光檢查？高飛暗忖。風愈颳愈狠，大浪擊打着船身，那面帆也給扯破了，留下幾塊碎布片，在風中拘動。高飛和小迪迪給雨水和浪花打得幾乎睜不開眼睛。

烏黑的龍源，儼然一個深沉的巨人，默默地算計着來者。

「喀……啊……媽媽，我抖不過氣來……呼哧呼哧……」是華仔！

風稍息片刻，四周頓時靜下來，高飛聽到華仔有氣無力地呻吟，呼吸沉重吃力，還傳來「嘟 —— 嘟 ——」的探測儀器聲。

「華仔！呼氣 —— 吸氣啊！媽在這裏，不用怕。嘉薰醫生也在幫你。你會好起來的……華仔……振作啊！」華仔母親顯然焦灼不安。

高飛與小迪迪面面相覷，好不難過；雖然沒有對話，卻互有默契：「華仔，我們支持你。我們會拚死保護龍源！你也要堅持下去，千萬不要放棄啊！」

又一陣狂飆襲來，大海翻騰，船顛簸得更厲害。一個巨浪接一個巨浪，海水灌進來了，船身陡地傾側，捲走了舵；小迪迪也一時失去平衡，給海浪沖到船邊。「高飛，救我 —— 」小迪迪呼喊，嗆了幾口海水，死命抓緊船舷。高飛正想把小迪迪拉回來，冷不防一個巨浪把他扯進水裏！

「高飛！高飛！抓住繩索——」小迪迪情急智生，把繫在船舷的一根粗繩扔到海裏。高飛在風浪裏掙扎，嗆了滿口海水，好不容易才握住了。船失了舵，但也乘着風勢，高速向龍源駛去。洶湧的黑色波濤，蓋頂而來，一時淹沒了高飛，一時又把他拋出海面。小迪迪心亂成一團，眼巴巴看着高飛給風浪蹂躪。

高飛給繩索牽扯着，風急，翻起的浪更大，船又在高速前進，高飛給風浪打得腦袋昏沉沉，繩索的拉

迪迪！
快到龍源去，
保住那兩大袋……

力，加上海水在他身上衝擊的力量，他筋疲力盡了，快握不住那根繫命的繩索。

高飛拚命吸了一口氣，向船上大叫：「迪迪！快到龍源去，保住那兩大袋——」海水再次淹沒了他……

高飛在水裏感到一陣異樣的平靜，四周一片沉寂，浪花淘起的飛沫，在水平線下，都化成了圓圓的晶瑩氣泡，又大又漂亮，顏色變幻不定。在繽爛的光彩中，高飛的靈魂像出了竅。嗯？是淑翩嗎？他看見淑翩站在海底的不遠處……

船上的小迪迪，只見船舷那根一直繃緊的繩索突然放鬆了，在風浪裏浮浮沉沉，像一條曳然切斷的弦線，末端空蕩蕩的……

高飛——高飛你在哪裏？別丟下我！高飛你到哪裏去了？小迪迪的心空空落落，只覺自己發緊發冷，好像快要倒下去了！……

毀了帆，掉了舵的船，在惡風駭浪中，向龍源灘頭直衝過去。

終極之戰

1. 另類白色恐怖

破船在龍源灘頭擱淺，陷進亂石堆裏。小迪迪躺在折斷的船桅上，望進漆黑深邃的大海，在默默流淚。

他的腦袋好像一片空白，記憶檔裏只有狂風嘯嘯，巨浪滔天……嗯？他為什麼來到這裏？這兒該是龍源，灘頭有龍源地標。而龍源正是高飛的家，高飛好渴望回去的家！噢，高飛在風浪中掙扎時，不是向他叫喊什麼嗎？對，他想起來了！「迪迪！快到龍源去，保住那兩大袋 ——」是高飛訣別的叮嚀。他要不負所託。

小迪迪馬上拭去眼淚，提起袋子，冒着大雨罡風，向龍源碉堡箭步邁去。

當他越過灘頭，一隊援兵正喊着口令衝來，也朝着城門前進。領軍的三眼巾幗細胞，遠遠認出路邊的巨噬細胞是「自己人」。「來！」跟着手上的矛頭一揮，就把小迪迪扛起來，像農民荷着鋤頭一樣，向城堡走去，小迪迪也介紹了自己。

支援的軍隊冒着暴雨，急急越過城門，爭相投入戰爭。小迪迪攀上城牆，居高臨下一看，不得了！遠處烽火連天，似乎我方節節敗退。城下，敵人又結集了大批軍力，早晚要攻進來。敵軍有些像花生，有些像一串的七彩魚丸，腰間都配了伏龍刀。花生怪客和魚丸怪客把手裏的矛戳擊地面，令地殼也在震動；喉間還發出「咕隆咕隆」的聲音，鬼聲怪氣，像陰間來的邪惡勢力，叫人膽寒。

「敵軍攻城了！攻城了！」守望台吹起了迎戰號角。趕在前排的怪客，樣子剽悍兇狠。他們架起許多高高的木梯，手持伏龍刀，殺啊殺啊，要衝上圍牆；有些怪客又以矛頭作支點，挨着牆壁翻筋斗上去，要攻佔碉堡，摧毀守衛的白血球。

城牆上，一時刀光劍影，小迪迪就在一旁，吶喊

助威。龍源細胞都在頑強抵禦，在高處連連向敵軍放箭，或往爬牆的敵人擲下大石。有些細胞見敵兵快要衝關成功，索性從城牆躍下，與敵人扭作一團，作埋身戰。殺啊殺啊！敵軍的聲勢愈來愈壯大，龍源的細胞前仆後繼，卻不是敵人的對手。小迪迪躲在還未攻陷的城牆一角，緊握拳頭，發急發怒。許多細胞都倒下了，城堡看來快要失守了！

「迪迪！快到龍源去，保住那兩大袋——」小迪迪耳邊倏地響起了高飛離別的叮囑。「它是細菌的煞星，對殺敵很有用。」高飛不是跟他這樣提過嗎？小迪迪急急打開袋子，向三眼巾幗細胞建議，用裏面的「祕密武器」殺敵。

在生死存亡關頭，再沒有退路，巾幗細胞下令餘兵把袋裏成包成包的東西，從城牆上投下去。

那一包包的東西，落地就爆破開來，揚起滾滾粉末。粉末與空氣接觸，竟化作一股旋風，往四周飄散。奇怪？旋風一吹過，那些敵人怪客，像在空中給什麼融化了，頓然化作一縷灰色的輕煙。

小迪迪目瞪口呆，正回過神來，又見到一些單眼細胞提起彎刀，準備招架敵人劈頭而至的矛頭，刀鋒指着的，卻是——空氣！

也有倒在地上的三眼細胞，手中的刀已被怪客奪去，正閉目屏息準備壯烈犧牲，等待那最後穿心的一刺，卻發現自己還可以呼一口氣。

有個醜陋的細胞將領，已遍體鱗傷，拚盡最後一口氣，卡着敵人的脖子，把他按在地上，揮起拳頭，要猛力朝怪客的頭顱捶打下去，手指關節卻是一陣劇痛——拳頭竟栽在硬地上，手握住的是一縷灰煙……

「殺啊殺啊！」又是小迪迪在吶喊助威。

小迪迪與眾人把一包又一包的白色粉末，投向最前線的怪客，他們一下子就潰敗隱沒。後防的兵團見狀，陣腳大亂，不住往後撤退，直到遠處才橫列成陣，但不敢胡亂進攻。

眾細胞互相擊掌鼓勵，鬥志高昂；小迪迪更振臂

歡呼，興奮得很。

「小迪迪，要再添軍火了。」三眼巾幗將領見粉末快要用罄，急忙問：「你從哪裏拿來這些？」

小迪迪想了想，回答說：「腎靜脈湖畔碼頭。」

「糟糕，可遠呢！……」巾幗將領面色一沉。

「讓我馬上帶幾名戰士去！」小迪迪自告奮勇。

「天啊！來不及了！敵軍陣勢有變……」巾幗將領霎時臉色大變，急急向四周同袍作手勢，下令：「兄弟，馬上嚴守城堡大門！全速下去，封住城門！誓死捍護龍源！」

2 神奇飛鷹

守城的白血球細胞聽命，連忙各就各位，嚴陣以待。

城門外，敵人雖然給細胞們一輪還擊，亂了陣腳，頃刻卻又再凝聚軍力，捲土重來，發動第二輪進攻。他們改變作戰策略，調派最精銳的部隊，策騎惡犬，向城牆邁進。羣犬長着短翼，張開血盆大口，喉嚨發着悶響，作出隨時撲擊的姿勢。走在最前頭的，扛着又長又粗又重的木樁。這木樁頭尖削，又像一枚炮彈，足足要十排人才扛得起來。一枚枚炮彈扛在半空，隨軍直往大門衝來。

小迪迪心急如焚，這些木樁重量近一噸，現在高速向城門撞擊，來勢更像一把強而有力的鋼鑽頭，城牆保得住嗎？

所有細胞都出動了，用背頂着城牆。有些軍士搬來巨石，堵住大門，企圖加強抗禦能力。眾人雖緊守崗位，但從城牆外望，只見沙塵飛揚，團團黑影隨着囂叫叱罵奔馳而來，如掩至的死亡幕幔，猙獰地張開。細胞都心裏虛怯。這重型武器，如何用血肉之軀

來抵擋？城牆再牢，也無法對抗銳利如鋼鑽頭的木椿，會被戳破的！

為了華仔的安危，細胞都已豁出去，要拚盡最後一口氣。守不住肺部，華仔的性命堪虞！「就算犧牲性命，也要顧全華仔的健康！」巾幗細胞將領與眾細胞軍兵又再擊掌宣誓：「如果要玉石俱焚，就與龍源碉堡共存亡吧！」

小迪迪想哭，卻哭不出來。

敵軍來到城牆下了！氣勢浩大，銳氣正旺。正準備重重襲擊城牆，遠處的高空，出現一個黑點，漸飛漸近。那是一頭鷹，振動着翅膀，愈飛愈低。鷹在低空改變航道，自右至左，正好在怪客先鋒兵團的頭上掠過。

兵團只顧向前猛衝，沒留意頭上有鷹低飛。小迪迪和碉堡內的細胞，卻看得一清二楚。

奇怪！那一根根扛在敵人肩上的木椿，突然像掉了托一樣，給提上半空，又在半空呈拋物線般急往

下墜，巨響連聲落在地上。木椿乘着餘力，稍向前滑行，剛好來到城牆前，就失去前衝的力量，煞住了。立時敵方起了騷動。

鷹飛到左端，拐了彎又往右橫飛，雙腳好像抓住什麼。小迪迪乘着鷹在低空迴旋，踮腳仰望，看到鷹爪竟抓住一個細胞的腰間！

鷹在上空掠過狀似魚丸的鏈球菌時，那細胞就把一包包白色粉末往下投，經過之處颳起陣陣旋風，把怪客、惡犬統統捲走了……鏈球菌兵團的先頭部隊最先倒下，隨後的瞬間也潰不成軍。一時後防倉皇四散，灰頭土臉地棄械竄逃。

戰爭形勢逆轉。龍源碉堡的將領、戰士紛紛向飛鷹和那細胞敬禮。這時鷹飛向碉堡，在上空盤旋好一會，然後一個急俯衝，把抓緊了的細胞放開，讓他安全着陸。城牆上眾細胞們目睹一切，不禁嘩然。小迪迪更急步奔前，要看個究竟。

那細胞翻了個筋斗，一躍而起。麥——高飛？是麥高飛啊！小迪迪驚喜萬分，沒想到高飛仍然活着。要不是高飛及時出現，恐怕龍源城堡與守衛的白血球細胞早給攻陷、殺絕；而他也可能因而身首異處。想及此，小迪迪嚎哭起來。待高飛告訴他如何死裏逃生，他就破涕為笑。

原來高飛無力再牽住繩索，在驚濤中載浮載沉了一會，神志快模糊不清之際，突然覺得自己的後背，給一股強大的力量扯出水面。是一頭飛鷹的鷹爪擒着他，在海面低飛。在風雨中，他清醒多了，瞥見海面飄浮着大袋、大袋的白色粉末，知道是抗生素，是對付肺炎鏈球菌的煞星，急忙撿起了。然後，鷹展翅上騰，向龍源飛去……

3. 祝福，再見！

高飛運籌帷幄，英偉地佇立城牆上，指揮若定，下令單眼細胞從海路運來一箱箱的白色粉末，囤積起來，分配使用，直至細菌零星落索，一個個地被消滅了。

天色放晴，遠方山頭的烽火，暗下來，硝煙也漸漸稀薄，隨風散去。下丘腦的篝火，該調校到正常體溫。他吁了一口氣，華仔終於退燒了，料想正冒着大汗，表皮血管擴張，趕快為各器官散熱降溫。

肺部到處頹垣敗瓦，教在現場巡察的高飛不禁歎氣。雖然贏了漂亮的一仗，華仔大病剛愈，元氣已大傷，身體仍然虛弱。戰後要重建肺葉，殊不簡單，各有關細胞得互相配合。

單眼、三眼細胞負責殲滅細菌的殘餘勢力；巨噬細胞得清理垃圾殘骸，當然忙不過來；流經肺部的毛細血管也會增多，血液流動加速，以補充細胞、氧分，供應養料，也會把廢物清除帶走。此外，肺泡細胞也會加緊分裂增長，填補損毀部分。至於製造纖維和彈力組織，修補破爛組織，就有賴「成纖維細胞」，幫助肺部回復彈性—— 這一切得費上不少時間、人力、物力！

「不錯！……華仔，燒退了，X光片也顯示肺炎好多了！康復情況不錯！」嘉薰醫生的語調，流露欣慰。

「謝謝你！」華仔由衷地回答，聲音低沉。

「要好好愛惜身體，知道嗎？幸好及時診治，雖然細菌變了種，但好些抗生素仍然應付得來。下次感冒記得早早看醫生，好好休息。還有，別亂服抗生素，以免耽誤病情！」嘉薰醫生苦口婆心。

「遵命！醫者父母心 —— 嘉薰醫生和我媽媽一樣 —— 一樣囉唆！」華仔這樣調皮，想精神不錯吧。

戰爭暫告一個段落，高飛把華仔這一役，作了個檢討，好作日後的鑑戒。肺炎鏈球菌好兇惡，趁華仔感冒，由鼻腔乘虛而入，引起肺炎，還破壞了腎組織，真不可掉以輕心。華仔患上肺炎，發高燒，身體血管擴張，心跳得急，血液循環加速，他和小迪迪在心臟和肺動脈海峽，才遇上暴雨狂飆。嘉薰醫生替華仔的痰涎「種菌」，加以分析，下了針對性的抗生素；加上各細胞克盡己責，奮勇抗戰，華仔的病況才扭轉過來。高飛回顧，也捏了一把汗。這一仗，贏得好險！

不過小迪迪經此一役，成熟了不少。雖然高飛與小迪迪從不以師徒相稱，但這對忘年之交，一同經歷患難，情誼不淺。

「迪迪，謝謝你仗義幫忙。年紀輕輕，獨闖龍源，更帶來抗生素，挺勇敢呢！而且一路上有你作伴，有趣多了。」高飛由衷地表示欣賞。

小迪迪把高飛的讚許，一一照單全收，好不得意。

「我心一直有一個召喚，總是揮之不去。」高飛語調誠懇，「有一天，你也會有這個經驗。來到龍源那一剎那，本能叫我馬上去保護它，捍衛它。就算死，我也無憾！」

小迪迪點頭，實在感激高飛的交心。

「高飛統帥，謝謝你，教了我許多道理……」小迪迪眼窩微紅，「還多次在危險關頭，救我一命。與你同一宗族，實在是我的光榮！」

「小迪迪，你也是我的祝福。」高飛稍頓，說下去：「對我來說，龍源是一個終點；但其實也是一個新的起點。至於你，龍源可說是一個轉捩點，對嗎？」

「高飛，我就在龍源與你話別。」小迪迪語氣果斷，但也不無不捨。他知道自己該起程到外面歷險，有一天找到自己安身立命的地方，就可以安心、忠心地效命。

小迪迪立正，向高飛敬禮，轉身策騎而去，奔向他充滿挑戰的將來。高飛打從心底祝福他。

4 一彎彩虹

四周一片寧靜，高飛獨自一個，站在山上遠眺。穹蒼清澄如洗，天幕下，遍山林木蘢葱，綠瑩瑩的青草，散發馥鬱的氣息。濃綠之中點綴着種種花卉，驚紅駭紫；滿谷都是百合花，微風輕拂，送來花的芬芳，草的醉香。

高飛突然想起科濟，不知他近況如何；已離去的淑翩，更叫他不住思憶。他從腰間掏出那片心形葉子，小心翼翼地打開，心裏唸叨着：「『高飛和我一起到龍源抗敵。』淑翩，這兒就是龍源，也是你切切夢想要抵達的家園。淑翩，到底我跟你一起來到龍源了。雖然未能一同抗敵，我倒是打敗了敵人，可以讓你告慰。你吩咐我的事，我都做妥了……」

淑翩為了成就他的未來，甘心放下最嚮往的家園，卻耽誤了自己，還在異地的一場戰役裏，結束了短促的一生……高飛一時觸動，眼淚在打滾。聽不到淑翩清脆如鈴的笑聲，看不見她嫣然的笑靨，一切美景都失色。高飛有點黯然神傷。

正低頭沉思，高飛驟然覺得右肩膊給什麼緊緊攫住，一陣刺痛，跟着腳下一虛，赫然發現自己被提起來。是一頭鷹的鷹爪把他牢牢地抓着！

高飛給提到半空，突然鷹大大抖動，把他整個身體甩到上空。他向上騰飛，旋轉了整整一圈，掉下時，不偏不倚，正好落到鷹的頸脖後面，跨腿而坐。

鷹在空中平穩地前進，高飛坐穩了，正要回過神來細看這鷹，鷹也剛好回頭與他對視。「呀！」高飛暗叫，鷹的眉心長了一根白羽毛！

那根羽毛隨風飄動，下面是一撮不長不短的細毛，似在遮掩什麼；若隱若現之際，恍見一顆珍珠藏在稻草下。高飛心怦怦急跳，輕輕伸手去撥弄，發現毛蓋住的，正是一個眼睛！喔，那是一頭三眼鷹呢！

當他的視線不經意地落在鷹爪上時，心又悸動

了。

自己的右胳膊，還隱約留下被龍捲風捲上天的疤痕；左肩膀一個傷口，見證他從吊橋跌下去的險況。兩回高飛從高空墜下，都大難不死；而他腰際紅腫的傷痕，更烙下在驚濤中獲救、共闖龍源的印記……這一切原是鷹留下的爪印！

他身陷吃人沼澤，快要沒頂時，不就是一聲鷹的長鳴，叫他仰頭發現鼻毛巨樹，因而脫險？旅途上，只要抬頭，就有飛鷹的影子。沒想到這頭鷹一直伴着自己，更作了隨時的幫助。高飛記起了淑翩彌留時，跟自己說的話：「我想和你一起，像以前一樣去探險……和你一起，真好……」

鷹在如絮的白雲下，悠然繞着龍源的上空翱翔，腳下一個個的丘陵，連綿起伏，草原青蔥廣袤，向遠處伸展。她眸子又圓又明亮，炯炯有神，目光溫柔純潔，又在高飛胸前的紫色珍珠上徘徊凝視，像有千言萬語。高飛的心暖暖的。她的眼神，彷彿穿透了高飛

的心，體貼、善感，無論怎樣的話，都說不清了。飛鷹仰項一聲長鳴，猛然鼓動雙翼，展翅上騰，向龍源更遠、更深的谷地飛去。

高飛躺在展開的翅膀上，揉揉眼睛，身下羣山峻嶺，百合花處處。從高處往下看，怎麼了？——青蔥的草原上，團團的百合花竟拼湊成高飛的模樣；而沿着龍源建築的城牆，也呈現高飛的輪廓；連圍城外的湖泊，都是高飛的形狀呢！啊，高飛心在咚咚跳，這便是他的家了！他不再顛沛流離，這地方，是屬於他的！這個家，在他展開人體漫遊之前，創造主已為他安排好了！

高飛安坐鷹背上，迎風飛翔，暖烘烘的陽光，從頭頂穿透心窩，豁然澄明。他抱着鷹的脖子，輕撫她濃密的羽毛，着實感激上帝給他差來這位使者。微風在耳邊吹着哨子，他腳下的山脈草原，頭上的白雲穹蒼，不知怎的，已化作水汪汪模糊一片，喉嚨像被什麼哽住了。他索性閉上眼睛，微笑着把頭栽進鷹頸脖的毛髮，任由清風吹乾淚痕。

草香愈來愈濃，還吹來百合花的馥香。嗯，天上白雲深處，不是綻放了一彎彩虹？他與淑翩牽着手，在愛的承諾中，悠然地飛翔，細語低歌……

細菌和病毒，有什麼不同？

簡單來說，**細菌**（Bacterium）是最細小的有機體，有單個染色體，無核膜，屬原核生物（prokaryote）；可同時擁有 DNA 和 RNA，直徑平均為一微米，能通過二等分裂繁殖。大多數的細菌能獨立生存，只有少數須寄生於動物或植物的體內。

至於**病毒**（Virus），根據基因組，可分為 DNA 和 RNA 兩大類；但不能同時擁有 DNA 和 RNA 核酸。病毒的體積一般只及細菌的三分一至十分一，必須在細胞內寄生，依賴細胞進行新陳代謝和繁殖。

治療由病毒或細菌引起的疾病，都不一樣。以

一般流感為例，主要依賴免疫力抗病。除非出現細菌感染的併發症，否則毋須服食抗生素，一星期內多能自動康復。

患上流感，該怎樣護理？

1. 應戴上口罩，以防止病毒散播。打噴嚏或處理噴沫後，要清洗雙手，也不要隨地吐痰。咳嗽時用手巾紙掩蓋口鼻，並將痰涎或鼻涕用手巾紙裹好，棄於垃圾箱內。
2. 儘量留在家中，並保持戶內空氣流通。
3. 有充分的休息和睡眠，攝取足夠水分，進食有營養、容易消化的食物。
4. 避免吸煙。

如果病況持續或轉壞，要及早求診，切勿胡亂服藥。有些抗病毒的藥物，可引起嚴重副作用。

為什麼疫苗可以有效地預防流感，和相關的併發症？接受了疫苗注射約兩個星期，體內便會產生足夠的抗體，成了免疫能力的來源。其中的「中和抗體」，可以與流感病毒的傳染因子混合；也會降低，甚至消除病毒感染細胞的能力。這些抗體，更能刺激多種白血球和巨噬細胞去破壞受病毒感染的細胞，一併把流感病毒消滅，病情因而受到控制。

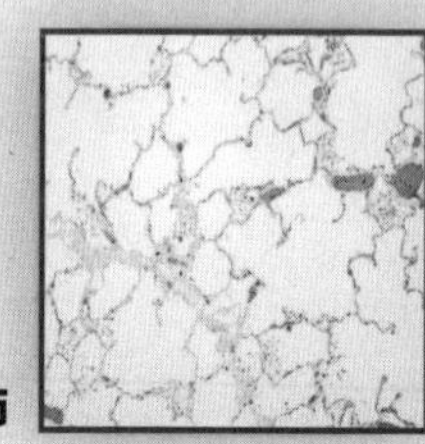
正常的肺

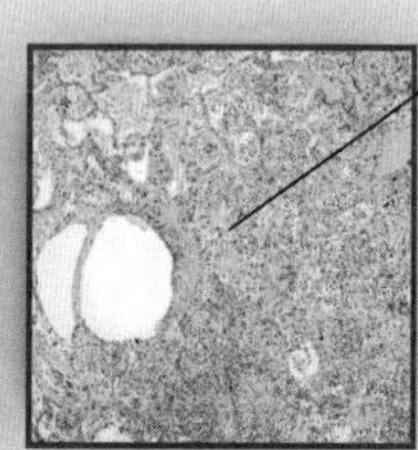
害了肺炎

白血球充滿了肺泡，影響氣體交換。

殺手肺炎鏈球菌

人的抵抗力，可以因為生病，接受化療，或種種原因轉弱。要是不小心照顧身體，細菌便會乘虛而入，引起繼發性肺炎。

肺炎鏈球菌（Streptococcus pneumoniae；即文中的「花生刺客」）是其中一種，通常成對或呈鏈球狀生長，是肺炎的主要病原體。這細菌本依附在人的鼻腔內。當流行性感冒病毒入侵鼻腔，破壞鼻咽黏膜細胞，肺炎鏈球菌就會伺機經呼吸道感染人的**肺部**（Lung；即文中的「龍源」），病情較流行性感冒更嚴重。細菌通常累及一個肺葉，若不及早醫治，可能併發「菌血症」── 細菌入侵血液，遍體運行，「開枝散葉」，把身體其他器官也感染了，大大提高病人的死亡率。

肺炎鏈球菌也能引起許多化膿性的感染，包括中耳炎、腦膜炎、鼻竇炎、腹膜炎和關節炎。此外，還會引起「急性腎小球性腎炎」，把腎小球破壞，血液裏的紅血球、白血球和蛋白質等，就會經過尿液流出體外，造成血尿、蛋白尿，甚至腎功能急劇衰竭。

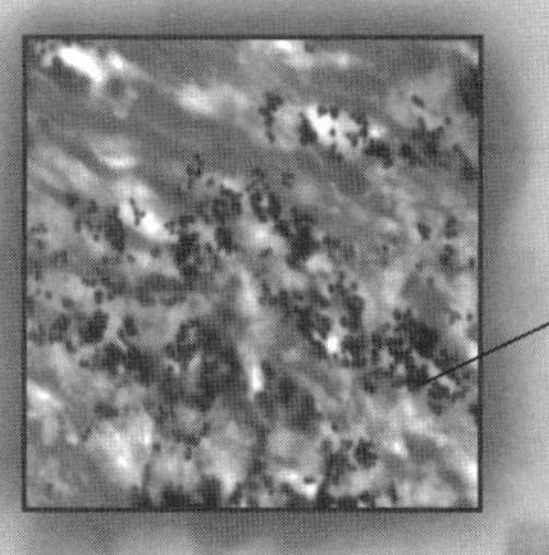

醫治肺炎鏈球菌，一般會使用盤尼西林藥物；可惜近年這細菌增強了對盤尼西林的抗藥性。這與濫用抗生素不無關係。

人體的構造，
可真奧妙呢！

後記

六年前，我在探索「嘉薰醫生」系列的前路。編輯彷彿漫不經心地建議：「可以寫一寫人體嗎？相信人體有許多新奇的東西。」她的話，像鉛錘敲在我心版上，起了極大的迴響。我馬上着手研究這方面的可行性，訪遍了不少港、台書店，發現寫人體奧妙的書，幾乎都一板一眼，許多更離不開問答模式；以故事形式展現的，少之又少。

我愛說故事，自然開始構思以人體漫遊為主題的歷奇故事。但是人體的奧祕太多，樣樣都寫，容易流於鬆散，感覺像散沙一樣。於是我陷於困惑之中，苦苦尋找出路。在一個偶然的情況下（詳見《血細胞麥高飛》的〈初版後記〉，我選擇了以「巨噬細胞」作為主角。這細胞源於骨髓，卻會離開這生養之地，到身體漫遊，最後走到它的「終極之家」—— 身體某一個器官 —— 執行它天賦的任務，與我心中想表現的主題極相近。

「麥高飛三部曲」揉合了人體面貌、醫學知識，同時也包含我的某些人生經歷，道出我這把年紀的一些感受，以及對生命、對周遭發生的事，對世界、甚至對上帝的一種體會。所以一開頭，我便打算說故事，因為只有故事才有這種魔力，能天馬行空，涵蓋許多主題。

我很享受整個創作的過程，既高興、又興奮，因為藉着麥高飛的故事，可以一下子與讀者分享這麼多 —— 當然也深願讀者能享受箇中閱讀的樂趣，從中多有領會。

想不到的是，麥高飛的故事，一講便講了這麼久，耗費了我六年多的心力。

起初我本想把高飛的故事，濃縮在《血細胞麥高飛》一書裏，寫着寫着，才發現自己的野心太大，要表達的東西實在太多。我提起禿筆一點一滴地寫，最後才知道無法一口氣把它完成。次年，當我寫好續篇《細胞情人歷險記》，仍未能將主題完全展現，我竟有點苦惱了。這故事該如何寫下去呢？我甚至不敢肯定自己有沒有能耐把整個故事講出來。

那時候有讀者問我，淑翩死了，還有故事沒有？我不是支吾以對，就是笑了笑，反問人家：「嗯，你說得對，淑翩離開了，還能有什麼故事呢？」心裏卻相信，淑翩死後，精彩的「終極」故事會在後頭呢！

如果《血細胞麥高飛》是「自我發現」的過程，那麼

《細胞情人歷險記》就是一場「良善與凶險的交鋒」；而《血細胞終極愛旅》想表達的，便是「終極之家」的探索。《血細胞終極愛旅》的故事藍本，在過去幾年間一直向我招手，彷彿成為我的某種「天命」。我必須發掘它、成全它，把故事講完了，人才能感到踏實、滿足。

我一直把它藏在心裏，卻因為現實生活中的種種羈絆，只好狠心地把它擱下。可是心底裏它不讓我心安理得過日子。

我的感情變得很複雜，期間與故事角色拉拉扯扯，對着故事藍本拿起又放下，真箇「欲罷不能、欲說還休」，就像一場劇烈的角力賽，弄得人心神恍惚。一場痛苦的掙扎。可是我又不想草率給它一個結局。

想不到在美國學習期間，麥高飛「死心不息」，猛向我「擠眉弄眼」。終極故事的情節，似在高壓鍋裏待久了，要爆炸開來似的。留美的日子，給予我許多創作的靈感和空間，我終於決定要將這糾纏了自己快七年的故事整理好。

因此，當麥高飛抵達龍源家時，我也一併感到釋然舒暢，深深地呼出一口氣。我終於結束這幾年來的「飄泊」，心不再顛沛流離，有種成就了什麼的快慰。另一方面，我卻感到失落。畢竟，麥高飛陪伴我多年，目睹彼此成長。其實，他也算是我半個兒子。為父的看着他面世、長大，現在要離開了，兩父子不再有秉燭通宵傾談的機會，心裏難免依依，泛起一陣淒然的寂寥之感。這便是作者與故事角色的情意結吧？

在創作《血細胞終極愛旅》的過程中，我深切體會世界上有些事情，很值得你去努力，去堅持完成；彷彿你不勇敢面對、讓它成就，那就會成為你生命裏某些遺憾。我想，如果我寫作生涯是一幅拼圖的話，《血細胞終極愛旅》就是其中重要的一個板塊。我幾乎無法撇下它呢！

你讀畢這書，也許會問：麥高飛的故事，就這樣完結了嗎？他可還有別的經歷？至於，我的答案？── 嘿嘿，倒不如我問：你相信人體孕育了高飛，是出於創造主的設計嗎？高飛乘着鷹的翅膀，到了海極之處，他找到了屬於自己的天地沒有？你可會相信淑翩仍然活着，並沒有離開，一直守護住高飛？要是你都深信，你大概也明白了生命的一些奧祕。這樣，麥高飛在他的家裏，又有淑翩仍然活着的禱求守望，事情就有太多美麗的可能性。往後的故事情節，也不是我可以述說得透了。

麥高飛歷奇快拍

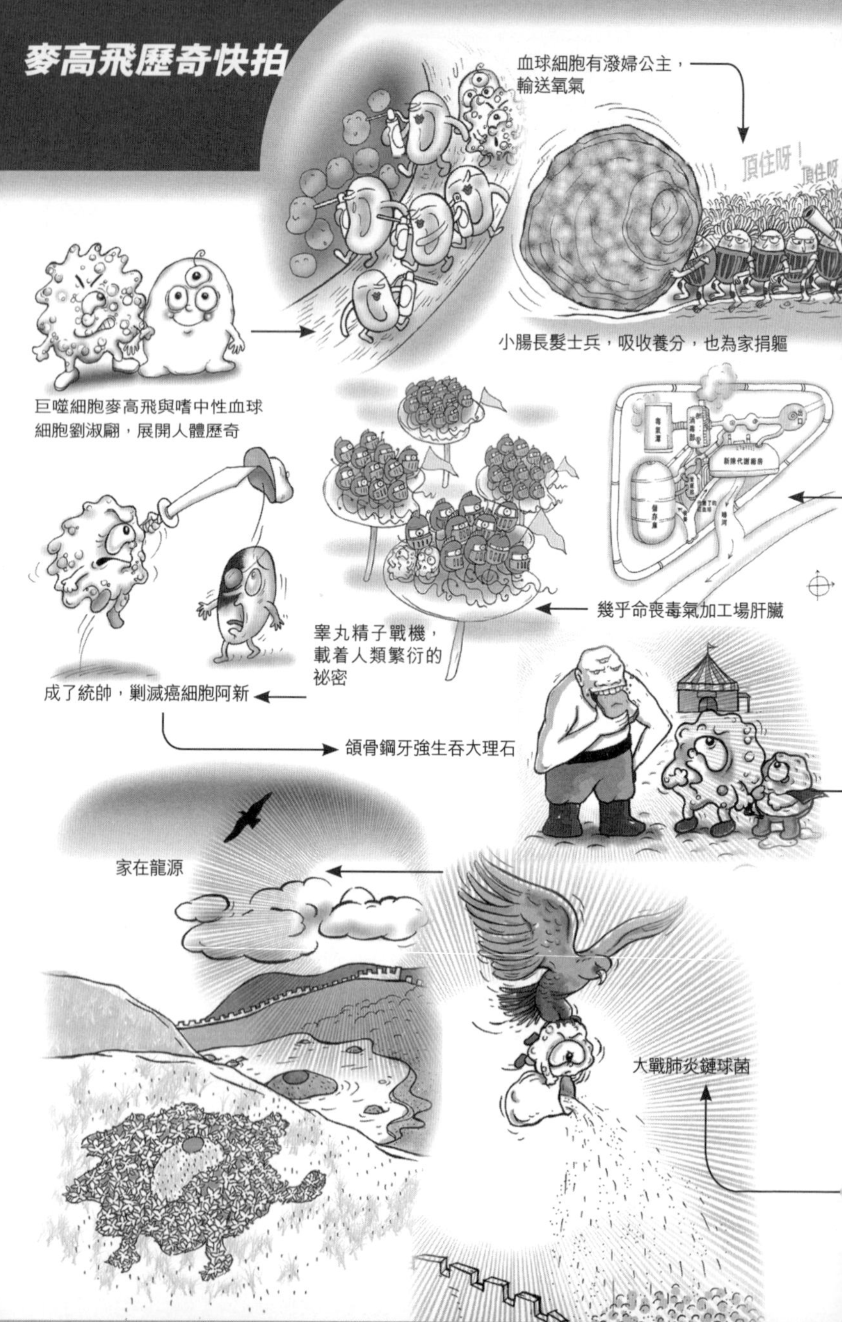

血球細胞有潑婦公主，
輸送氧氣
頂住呀！
頂住呀！
小腸長髮士兵，吸收養分，也為家捐軀
巨噬細胞麥高飛與嗜中性血球
細胞劉淑翩，展開人體歷奇
幾乎命喪毒氣加工場肝臟
睪丸精子戰機，
載着人類繁衍的
祕密
成了統帥，剿滅癌細胞阿新
頜骨鋼牙強生吞大理石
家在龍源
大戰肺炎鏈球菌

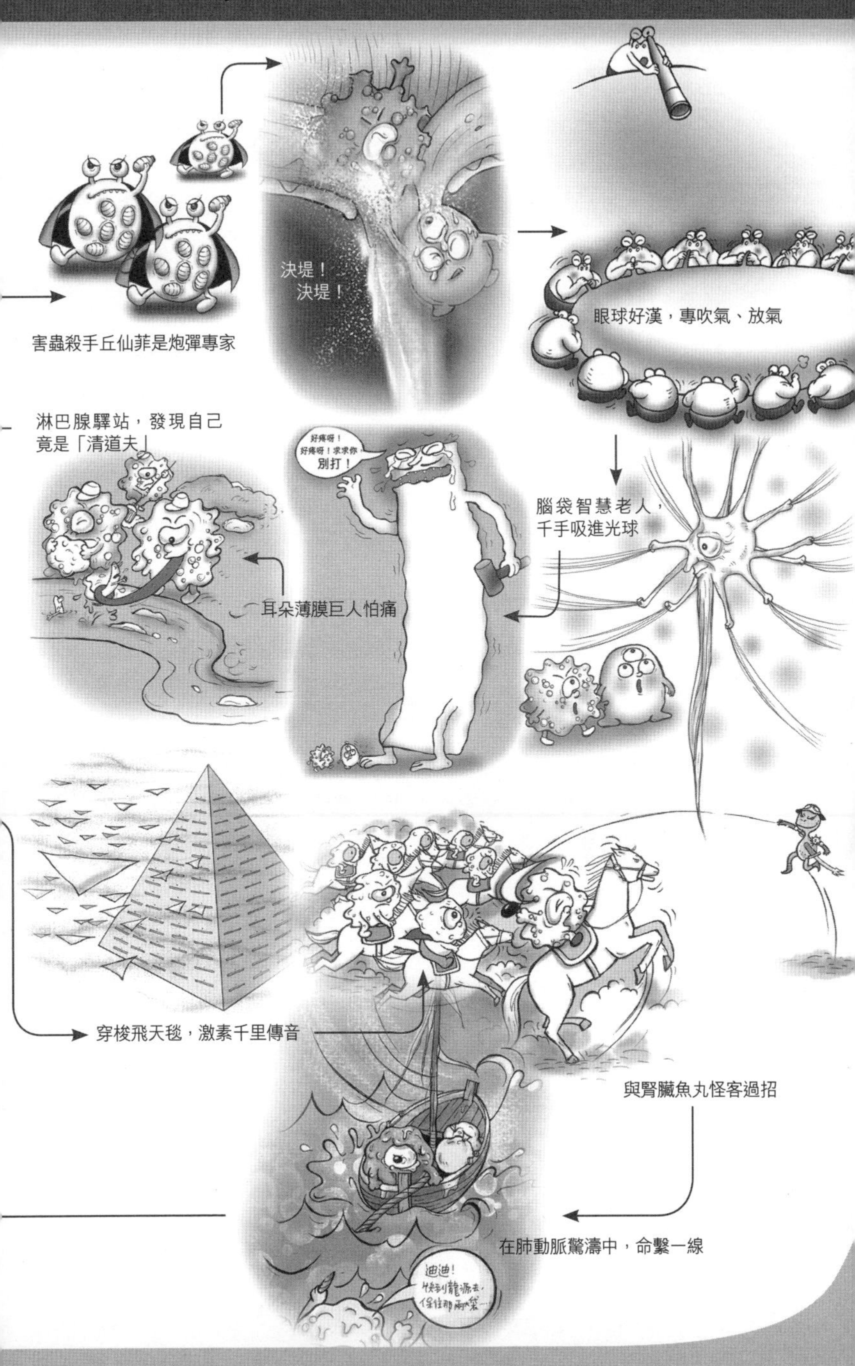
害蟲殺手丘仙菲是炮彈專家
決堤！
決堤！
眼球好漢，專吹氣、放氣
腦袋智慧老人，
千手吸進光球
好疼呀！
好疼呀！求求你
別打！
耳朵薄膜巨人怕痛
淋巴腺驛站，發現自己
竟是「清道夫」
穿梭飛天毯，激素千里傳音
與腎臟魚丸怪客過招
在肺動脈驚濤中，命繫一線
迪迪！
快到龍源去，
保住那兩袋……